半亩花田

水孩儿　主编

吉林文史出版社

图书在版编目（CIP）数据

半亩花田 / 吴艳艳主编. -- 长春：吉林文史出版社, 2016.6
　　ISBN 978-7-5472-3218-7

　Ⅰ. ①半… Ⅱ. ①吴… Ⅲ. ①散文集－中国－当代 Ⅳ. ①I267

中国版本图书馆 CIP 数据核字(2016)第 151668 号

书　　名：半亩花田
主　　编：吴艳艳（水孩儿）
责任编辑：钟杉　陈昊
选题策划：丁瑞　李丽
出版发行：吉林文史出版社
印　　刷：廊坊市鸿煊印刷有限公司
版　　次：2018 年 1 月第 1 版
　　　　　2018 年 1 月第 1 次印刷
开　　本：880×1230　　1/32　　印张：6.25
字　　数：180 千字
定　　价：35.00 元

地　　址：长春市人民大街 4646 号
电　　话：0431—86037451（发行部）
网　　址：www.jlws.com.cn

目 录

CONCENTS

序

文/陈鹤龄

去年冬天最寒冷的一个日子，我和水孩儿相识在包头某条街道的某个酒馆里，几个小时的推杯换盏，虽然谁也没有倒下，但都也醉意朦胧，似乎达到了喝酒的理想境界。时光流逝，转眼就是几个月，让我描述水孩儿的窈窕和绰约，似乎很难，因为她的形象在我心里是很淡很淡的，印象最深的则是她那段颇具传奇色彩的北漂经历和她那足以和刘伶抗衡的酒量。

当我再次走进包头时，已是春风浩荡、春意盎然、春草萌生的时节。若在江南，此时该是草长莺飞、桃红柳绿了吧？

这次见到水孩儿，她已是包头市最美书友会的会长，对于她这个头衔，如果套用一句老话来表述的话，那就是"情理之中、意料之外。"所谓情理之中，一个爱读书的、一个写过书的人，把志趣相投的三、五好友邀集在一起，喝喝酒、品品茶、听听歌、谈谈文学，是很有情调、很有情趣的事情。这种小范围的高雅活动，算不上创新，只能说是继承传统。古往今来，此类活动不胜枚举，《兰亭集序》、《醉翁亭记》说得十分清楚了。所谓意料之外，水孩儿与大多数人不同之处在于她一没工作、二没公司，完全是靠个人奋斗养家糊口。在这种情况下，她舍出自己的时间和精力来操持最美书友会这样一个大家并且使其井然有序朝气蓬勃，岂不在意料之外？

最美书友会对我来说，只窥一斑、未见全豹，但这"一斑"就足以让我感动！从 2015 年 12 月 25 日成立到现在也不过"百日维新"而已，但几个潇洒的大动作却令人刮目相看。一是在区内外文化名人中聘请 11 名顾问指导书友会的工作，起点高、层次高、水平高，对书友会的发展将会大有裨益。二是书友会具有较强的凝聚力。读书原本是个体行为、个人劳动，但把这种个体行为变成集体行为、把这种个人劳动变成集体劳动，没有一个"振臂一呼、响应风从"的核心人物是不可能的。没有一面在所有书友心中飘扬的旗帜是不可能的，核心人物自不必说，我以为旗帜就是书友会的规矩，是大家都能认可的规矩，大家都能遵守的规矩。没有规矩，不成方圆。而规矩即立，则要方有方、要圆有圆。我想这应该是 75 名会员能够精诚团结、奋然前往的根本原因和根本动力。三是书友会具有较强爆发力。我以为读书是一回事儿，写文章是另一回事儿。最美书友会和其它读书会的不同之处大概在于它的起点。它的起点是源于水孩儿写过的一本书，也就是说"写"亦或"写作"、"创作"是最美书友会的最大特点。

在最美书友会成立大会上，读过水孩儿长篇小说《那段梦里花开的日子》的书友们争先恐后发表感想，场面十分热烈。这些读后感变成文字后被编辑成《遇见》一书，完成了从读到写的第一步跨越。继而，最美书友会创建《魔幻小狼窝》微信公众平台、成立编辑部，适时推出同题作文或命题作文，使书友们的创作热情空前高涨，甚至从来没拿过笔的农村妇女梁丽仙也一试身手，散文《又是一年橘花香》虽显稚嫩，但亦香气扑面，会员们的作品也犹如春天里的小鸟满世界飞。

3月3日，包头市文新广局主办的《文化包头》以两个整版推出最美书友会会员的5篇文章。3月19日，包头人民广播电台以专题的形式播发书友会会员3篇处女作。电波传到哪里，兴奋和快乐就在哪里，几乎所有书友会会员在同一时间收听了这档节目。3月27日，包头市图书馆、鹿城读书会联合举办本土作家大型诗文朗诵会，最美书友会推荐的6篇作品全部入选并由书友会会员朗诵。座无虚席的报告厅里响起的一阵阵热烈的掌声，是对作者和朗诵者的最高奖赏，是对所有书友会会员的鼓励和鞭策。

《半亩花田》是很有诗意的名字，这是水孩儿为最美书友会即将出版的第一本文集苦思冥想出来的名字。

水孩儿将最美书友会顾问及会员的51篇、近10万字的作品通过微信给我发过来，这些作品版式不同、字体不同、字号不同，把它们统一版式、字体和字号整整耗去我一天的时间。在读这些作品的过程中，我的情绪始终起伏着，我的感情始终波动着。我读的不是名著，但我却是在用读名著的那种虔诚来读这些作品。客观地说，不是每篇作品都是很好，但每篇作品都能让你读到怦然心动的句子。

最美书友会顾问申中明先生是我的好朋友，我曾把他的散文《父亲进城》推荐到《文化月刊》上发表。坦白地说，那时我并没有认真品读过这篇散文，所以有几次朋友相聚时谈及这篇散文时我只能装聋作哑。这次，水孩儿把中明先生的《父亲进城》一并发来，使我得以静下心来认真拜读，直读得我热血沸腾，热泪奔流！

中明先生写道，他用轮椅推着从中原农村来到城里的父亲看街景看风景，而有一次在一座公园里父亲给来一个"老夫卿发少年狂"，愣让他坐进轮椅，由父亲推着转悠。50多岁的儿子用轮椅推着年近九旬的父亲，人们都会觉得这是件很正常、很普通、很平凡的事情。而年近九旬的父亲用轮椅推着50多岁的儿子，而且父子双双健康，不管在哪个城市、哪条大街、哪座公园都是一道风景。不管在哪个国家、哪个民族、哪个家庭都是人间大爱。不管父亲多么年迈，只要还健康，他就要向人们展示那种深沉而厚重的父爱。在这里我读懂了父爱如山，也领略了中明先生文笔的老辣。

同样是最美书友会顾问、也同样是我的老朋友胡刃的散文《小姑娘》，写的是和人和猫相处的故事。透过这个故事所揭示的却是一个深刻的道理，发人深省、令人深思。结尾处的两句反问掷地有声、铿锵有力，犹如黄钟大吕，振聋发聩。

让人有撕肝裂胆那种疼痛感的文章是董达峰的《"叔叔，能借您的手机给爸爸妈妈打个电话吗"》，同一个旅行团里的四川小女孩连续3天晚上都来借他的手机给爸爸妈妈打电话。小女孩是和爷爷、奶奶、姑姑一起也来旅游的，为什么不用爷爷、奶奶、姑姑的手机给爸爸妈妈打电话呢？又为什么背着爷爷、奶奶、姑姑借别人的手机给爸爸妈妈打电话呢？"百思不得其解，这一夜连做梦都在寻找答案"。当得知答案是小女孩的父母在 2008 年"5.12"汶川大地震中双双遇难时，作者的心崩溃了，读者的心也崩溃了；作者泪如泉涌，读者也泪如泉涌。

多么坚强的小女孩，多么懂事儿的小女孩，多么伟大的小女孩！

我读过许多写父亲的作品，有散文、有诗歌、也有小说。但读到曲小红的《在文字的光辉里遇见父爱》这篇散文时，立刻觉得这是一篇新意选出的作品。开始她就声称"父亲是我终生的缺憾，是今生再也无法拥有的奢侈品"，继而她发现"尘封近五十年的父爱，是我一直视而不见的存在"，深情回忆"有爸爸的日子，我是幸福的小公主。"洗练而又纯静的几笔，就把这深沉的父女之情、父女之爱淋漓尽致的挥洒出来。因为"父亲生前写得一手好文章"，所以现在自己也能舞文弄墨，这是精神传递、文脉传递、灵魂传递。

"是他用年轻的生命换来了我们一生的幸福"读到这句话，心里隐隐做痛，"爸爸突然离世"似乎有些蹊跷，这蹊跷因为作者并未透露，所以成为读者的悬念。而在读者不能释怀的悬念中，作者则"在崭新的春天里，我要活出崭新的自己"。散文不长，却把读者思绪拉得很长，足见作者文笔的炉火纯青。

水孩儿要编进《半亩花田》的 51 篇文章我基本都浏览过，但没有全部细读。我以为，这 51 篇文章犹如一片山林，其中不乏参天大树，也不乏刚刚破土的幼苗。参天大树自有参天大树的风韵，而刚刚破土的幼苗同样拥有长成参天大树的渴望，同样拥有长成参天大树的权利。我们所要给予的是他们成长所需要的阳光、雨露、人文关怀和情感支持。

我之所以放下案头堆积如山的工作来为《半亩花田》作序，决不是一时的心血来潮、率性而为，是水孩儿和她统领的最美书友会这个群体感染了我、陶冶了我、燃烧了我！

这是怎样的一个群体啊！年龄最大的会员已经 67 岁，67 岁还在为梦想坚守，我们 67 岁时能否有这样的信心、信念和信仰？

这是怎样的一个群体啊！年龄最小的会员只有 15 岁，15 岁就问津书林、心向文学，多么难能可贵！试问，我们 15 岁时是否有这样的远大抱负并且身体力行的去实践，面对这样的试问，有多少人要感到汗颜？

这是怎样的一个群体啊！他们都把根深深地扎在黑色的土地里，也都头上顶着太阳、脸上贴着月亮、手里攥着星星！他们是一个跋涉的群体、奋进的群体、追梦的群体！

若干年后，在他们当中也许会潇潇洒洒地走出几个郁达夫、徐志摩来……

若干年后，在他们当中也许会娉娉婷婷地走出几个张爱玲、林徽因来……

而若干年后，自以为是的我们也许什么都不是了！

是为序。

2016 年 3 月 29 日深夜于穹庐斋

（作者系中国作家协会会员、中国文化报内蒙古记者站站长）

半亩花田

文/水孩儿

每个人的心里都有半亩花田，或热烈或淡雅，她们用灵魂的香气来渲染生活，让生活有了情调和诗意。

喜静，喜欢在温婉的阳光下静静的读书、画画、绣花、写作。喜欢用清澈的眼睛看世界，用一颗干净的心来感恩岁月。

之前鲜少与人交往，在黄河岸边，或阴山脚下，与鸟儿为邻，与白云对话。两个人的日子无非是你钓鱼我绣花，我写诗你画画，只在属于自己的花期里开成自己喜欢的样子。

忽然间因为一本书的再版而有众多的读者闯入了我的花田，不觉有些惶恐。应酬多了，时间少了，杂七杂八的野草开始荒芜了心灵。

从网上买了一些莲子，先是用水浸泡，磨开硬硬的壳儿，等到长出嫩嫩的芽儿后再放到缸里养。缸是搬家时朋友送的手绘瓷缸，本来是放画轴用的，因为上面的荷花图案实在太美，便心生想法，要用它来养一池的莲。

莲茎长得很快，常常在一夜之间蹿出一大截，生长的速度让人猝不及防。

那日朋友商商见了，喜欢之极，也拿走几颗。和他讲起我养的莲已经长出小小的叶子，露出尖尖角的时候，他把他养的莲拍照给我看。满池的莲叶浮在水面，底下莲茎纠结着，绽放的壳儿沉在水底。原来，他养的莲比我的要好！

遂想，能够把一池的莲养的如此悦目的人，内心也一定是开着一朵莲。你看，从前被我戏称为闹腾的他，静下来了，静得能够用心去养一池莲。

当好友土豆终止旅行在活动当天出现在现场的时候，我被温暖了；当固阳的书友背着投影仪来到现场的时候，我被温暖了；当慧慧的工作人员将干果茶水摆满桌的时候，我被温暖了；当各小组用美妙的声音为大家带来春的讯息时，我被温暖了；当从大姑父手里拿到读者为我的小说撰写的读后感文集《遇见》时，我被温暖了；当一个个熟悉或陌生的面孔出现在第三期书友会分享现场时，我被温暖了……

这样的一种遇见，带着淡淡的栀子花香，开在我的心里。我忽然看到你们每个人心中的那半亩花田，桃花灼灼，莲花静雅，她们或浓或淡的散发着阵阵幽香。

只要你们愿意，我愿与你们一起将每一个朴素的日子过成良辰，我愿在魔幻小狼窝等你，为你们煮茶、写诗，于暖暖的茶香中，用一支笔，临摹一场盛大的春天。

父 亲

文/水孩儿

　　不知为什么忽然梦见了父亲。梦见父亲满脸忧伤的对我说："老了，腿脚不便，只能靠你们了，不要嫌弃我。"我抱着父亲哭了："爸，以后我每天晚上给你洗脚。"醒后惊觉不是梦。父亲来内蒙已经二十多天了，按照当初的约定，再有一周父亲就来我家住了。

　　故乡对于我来说是心底不能碰触的最柔软的部分，对于父亲呢？当七十岁高龄的他终于答应跟着大哥来内蒙定居，由我们兄妹三人轮流照顾时，他那份决心和无奈是否还分得清故乡和家乡呢？

　　母亲去世了，我和两个哥哥定居内蒙，他们在鄂尔多斯，我在包头。我们买了无数套房子就是要接父亲来住，父亲每次寒暑假过来，住上一段时间，便嚷嚷着要回去。"城市不好住，没个邻居，连个说话的人也没有。"

　　父亲善良，但是脾气暴，小时候两个哥哥不听话没少挨父亲揍。母亲去世后，父亲偷偷和我说，如果当时多生两个姑娘就好了。我知道父亲担心哥哥们不养他，我说不怕，哥哥们都秉承了父母的善良，亲生父亲，他们哪会记仇。

　　父亲坚决不和我们同住，而是一直独自居住在老家，和租住院子的工人在一起。我和哥哥们每月给父亲生活费，父亲吸烟嗜酒，钱仍花不了，便偷偷买了养老保险。直到保险到期，钱仍花不了，父亲放心了，说："我的儿女就是我的养老保险，我存的钱将来给我孙子吧。"父亲有五个孙辈，每个人都听到过他的承诺："爷爷有钱，爷爷存下的钱等你上大学时给你。"两个孙女一个大学毕业，一个在读。父亲的存折仍在我这。"等你们考上大学，爷爷存的钱就给你们。"父亲依旧和孙辈们这样说。

　　小时候，父母带我们看露天电影《墙头记》。当看到年近八旬的张木匠因两儿不孝，两媳不贤，遭百般虐待被推上墙头时，母亲说："闺女，等我们老了你也在我的夹袄里缝些纸片，跟你哥哥们说我们有钱，这样他们就会抢着赡养我们了。"

　　父母一直没有钱，经历了唐山大地震，随后父亲又得了肝硬化，从滦南辗转送到唐山医院治疗。

　　1980年，我六岁，那个秋天的夜晚，父亲吃完晚饭忽然趴在炕上汗珠如爆裂的黄豆滴下，疼，他说疼。昏黄的煤油灯下我吓傻了，哇哇大哭。母亲找来叔叔们连夜将父亲送到滦南医院。从村子到医院三十多里地，没有路，不通车，母亲背起嚎哭不止的我，带我去滦南找父亲。

　　体柔多病的母亲背着我走了一夜，终于在天亮时走到了滦南县城。到了医院门口，母亲便瘫倒在了地上。医生说父亲得的肝硬化，滦南条件有限，无法治疗，已经转到唐山去做手术。父亲转院时说没有钱，不要去了，只让医生转告家人，"无论如何，要见我闺女一面。"

母亲又背我回来，告诉爷爷，父亲可能过不了这个坎儿了。爷爷和三爷爷敲锣召集族人开会，每家捐款十元，筹钱为父亲治病。因为平时父母行善，在村子里口碑好，一天功夫，不仅族人，村里家家户户都卖鸡卖猪捐钱为父亲做手术。

那夜，老叔赶着毛驴车，带着我和母亲去唐山给父亲送钱。六十里的颠簸路中我睡着了，几次被颠下毛驴车。母亲心急火燎，我掉落在田里她也未察觉，每次叔叔发现我不在了，就赶着驴车原路返回寻我，把熟睡的我抱上车，再接着走。

父亲手术前，我们终于赶到了病房。见到父亲的那一刻，我远远的扑过去，抱住父亲的脖子再也不愿松开。

父亲手术成功了，同病房的四个病人只活下父亲一个。因为钱少，父亲手术时没让医生打麻药，硬撑着让医生掰断了肋骨，将坏死的肝脏切掉了一部分。

父亲奇迹般的活了下来，医生告诫他不能再喝酒。父亲说："我这辈子最爱两样，一是喝酒，二是我闺女。"医生说："喝酒伤肝"。"喝酒伤肝，不喝酒伤心，怎么办？"医生被父亲给逗笑了，父亲是他一生中见过的最坚强也是最开朗的病人。他和父亲结拜为兄弟，从此两人常互相走动。

父亲没戒得了酒，母亲也没能攒下钱，两个哥哥盖房结婚，花光了父母所有的积蓄。父亲卖牛卖牛车，卖了他依赖了一辈子的打井机器，给了哥哥们每人一个家。我也因此辍学，即使后来被唐山师范学院破格录取也瞒下，再也不敢想上大学的事情。

哥哥们善良，对父母孝顺，父母放心了。日常生活及生病住院，我们兄妹都是抢着出钱。母亲病重的最后几年，每年需要几万元的治疗费用，我们兄妹从来不提谁出多少钱，只是争抢着往母亲的卡上打。

母亲终还是走了，苦了一辈子的母亲留下一张一万元的存折，"谁也不给，给你父亲留着。"母亲的遗愿是让我帮父亲找个老伴，"我一辈子和你父亲不和，他应该找一个和他脾气相投的人。"母亲说。

母亲离开四年多了，父亲一直没找。"哪有合适的呢？"父亲说，"我抽烟嗜酒，除了你母亲，谁能容得了我？"争吵了一辈子，父亲恍然大悟，原来母亲才是最适合他的人。

母亲走了，我们很少回去了，只是经常把父亲接到内蒙来住。父亲住上一段时间就厌了，"楼房不好住，"父亲说，"左邻右舍没个能说话的人。"

这两年，村子里的老人陆续去世了。父亲很孤单，再加上他的腿患上了风湿，行动不便，古稀之年的父亲终于答应来内蒙定居了。大哥开车往返两千多公里把父亲接到了他家，我和二哥商量让父亲轮流住吧，喜欢在谁家住就多住几天，不喜欢就少住几天。父亲是我们三个人的父亲，不能只住在大哥家。

父亲带来了他所有的财产——两只鸟儿。每天早上父亲都会听那两只鹦鹉带着滦南味的叫声："吃饭了"。父亲再也没提过那张存折的事。我们的故乡仍是父亲的家乡，父亲说，"将来我还是要回家乡的，可能三五年，也可能十年八年，吴家坟是吴代庄最好的风水宝地，它的名字叫'先生家坟'。"

作者简介：水孩儿，原名吴燕燕（又名吴艳艳）。1974年出生于唐山。内蒙古作家协会会员、包头首届互联网网络人物、包头市最美书友会会长。曾出版过著作多部，以剧本《家长里短》为人所共知。长篇小说《那段梦里花开的日子》由著名作家冯骥才先生题写书名已经三版。现居内蒙古包头。

天堂的眼

文/史永华

今夜，我仰望苍穹，去寻找北方那颗最明亮的星。它依旧耀眼如初，一如奶奶明亮的眼睛。我泪眼迷朦，无限思念涌上心头。奶奶离开我已经二十个年头了，不知多少次梦里，我依偎在她的怀；不知多少次夜里，泪湿枕边衣襟。我想你，一直一直。

奶奶生于民国 1924 年，是家里唯一的女孩。11 岁的时候母亲就离开了人世，留下了三个弟弟，弱小的肩膀承担起家庭重担。长姐如母，抚养拉扯三个弟弟，是怎样的困难和艰辛。但奶奶性格刚强，勤俭朴素，把日子过得极其细致。嫁于爷爷后，奶奶便当起了家，一间小土坯房，一个四方小院，成了我童年最深的记忆。

奶奶如果生在当今，肯定是个精致的女人。一个小小院落，奶奶收拾的干净利落，东西放置都有规矩。屋东是犁、锄具、镰刀等农具；屋南是凉房、马厩；屋西是羊圈。小院子鸡鸣犬吠，奶奶的勤劳让这个贫困的小院充满生机。屋里只有一个灶台连着大炕，大红躺柜和一个小柜子，总是一尘不染。我最喜欢大炕上铺的油布和腰墙，油布上深绿色的底，用不同颜色的装饰线做轮廓，四周龙凤飞舞，中间富贵牡丹。铺在土炕上，为小屋增添了亮丽。尤其是腰墙上的图案，更是春夏秋冬栩栩如生，跃然而上。过去的画工的技艺真是令人赞叹！奶奶总是将油布、腰墙擦磨的油光锃亮。做饭时怕划了油布，总要在下面铺上一层布；腰墙上有了气，马上就要擦掉，以至于十几年后，油布、腰墙仍然如新。

奶奶针线活特别好，家里大人小孩的衣服、鞋子都出自她灵巧的双手。针脚特别细腻，剪裁的样子除了适用，也很好看。乡里乡亲都爱找奶奶要衣服样、鞋样，她也总是乐呵呵拿给大家。虽然家境艰难，衣服补丁加补丁，但奶奶从来都干干净净，利利索索。我想奶奶是极其爱美的，红躺柜上有几个大相框，有奶奶年轻时的照片。梳着两条又粗又长的大辫子，穿着碎花小袄，端庄大方，尤如大家闺秀。

奶奶对儿孙的要求都很严格，甚至不近人情。她说做人做事必须要有章法，办事要有规矩；要求早睡早起，勤劳节俭；与邻相处要诚实以待；教我们要从小有志气，长大才会有出息。她从不像村里的小脚老太太东家长、西家短，对自己更是严谨。孙子里头奶奶的规矩我最清楚，该起床的时候不能赖，不是吃饭的点不能随便从柜子里拿东西吃，吃饭要一滴不剩，借乡亲的东西一定要保护好按时还，洗碗要轻拿轻放不能磕了沿儿，东西从哪儿拿的要按原样放回去，坏了的东西尽量修补不浪费……奶奶没有文化，不懂得诸葛亮教子"静以修身，俭以养德，非淡泊无以明志，非宁静无以致远"的道理，也不知曾国藩"家俭则兴，人勤则健，能勤能俭，永不贫贱"的家训，但她用自己的实际行动教育培养儿孙良好的习惯，潜移默化的影响着我们。使我们懂得了忠厚、勤劳、朴实、诚信、感恩，宝贵的精神财富使我们受益终身。

奶奶的一生伟大而酸涩，爷爷是那种踏实的庄稼汉，少言寡语，又不甚有主见，家里大事小事只有奶奶拿主意。奶奶生有四儿一女，因为家里太穷，四儿子养不起送了人，也成了奶奶最深的痛。虽然奶奶嘴上总是说送了人的孩子就是别人的了，但总会在新粮秋收后让爷爷捎些给四爹。奶奶不识字，却让孩子们上学读书。当儿子相继成人后，成了家里的主要劳动力，按理说，奶奶该轻松些了，她却坚持把孩子们一个一个送出去。大爹考去乡里，二爹去矿上，爸爸参军，她说只要孩子们有个好前程。她依旧辛苦劳作，日复一日。当儿子们都有了工作，能找个好媳妇，奶奶便欣慰知足了。都说姑娘是娘的小棉袄，姑姑嫁人后，经常回来看奶奶。每次奶奶总是催促让赶快回去，家里孩子没人管了，羊没人喂了，直至姑姑 33 岁得癌症去世，奶奶几天没吃没喝，坐在东面的梁上望着姑姑的婆家。我坐在她身边，看着奶奶那寂廖空旷的眼神，我知道她的魂没了。我不敢哭，因为奶奶不哭。她的坚强，现在回想起来都是让人痛彻心扉。姑姑留下两个 10 来岁的娃，没娘的孩就没人疼。姑父要续弦，跟奶奶商量，她没有反对，新姑姑和姑父每年都会带孩子回奶奶这个娘家，每次都会让她的伤疤更痛，但她每次都笑光摇曳。

因为我家和奶奶同村，从小我和奶奶很亲，奶奶也最疼我，虽然她从不嘴上说。春天，她把珍藏的去年中秋月饼塞给我；夏天，她把从货郎那儿买的冰棍儿递给我；秋天，她把煮好的玉米留给我；冬天，她把冰冻的海红子抓给我。我知道，这可是谁都不可能有的待遇噢！小时侯，我是奶奶的小帮手，经常跟随奶奶打扫院子。提水、烧火、拔草、喂猪喂鸡，跟在她身后，不时地叫我慢点慢点。我总是期待晚间奶奶盘腿坐在炕上给我讲故事，翻着照片爆料爸爸和大爹、二爹他们小时候的淘气，逗得我前仰后翻。家里生活清贫，为了节省钱，奶奶就自己动手做，印象最深的便是做泥瓮。为了储粮储物，每年奶奶会做些大大小小的泥瓮，这也是我最开心的时候。先找上好的黄泥，再找干草一起和。水要适量，不能多也不能少，象和面一样，上下揉和一个小时。奶奶的大手和我的小手在泥里碰撞着，笑声溢满心间。然后以瓮底做基础，一层一层用手捏出形状，一圈一圈向上。每次只能做两圈，待干透后再往上，这样做一个泥瓮一般要 15 天左右才能成形。然后再阴至干透，泥瓮装满了每年沉甸甸的收获。

随着年龄增大，因为去县里上学，每年只能在暑假、寒假才能回村里，陪伴奶奶。别离才让我感到奶奶身体不硬朗了，经常咳嗽，本来瘦弱的身子更单薄了。当我十二岁有力气挑起一担水时，我就每天会去把水缸添满。能下地干活时我就帮着收割、挑水、做饭、拔草、喂马、喂猪、喂羊，一天下来，腰酸背痛，我才知道原来奶奶一直是多么辛苦，但她从未埋怨叫苦。都说女人如水，有水的清灵和坚韧，但奶奶就如一座山，坚强博大、朴实无华，撑起一个家的风景。

虽然我有一万个不愿意，可长年的积劳成疾终于还是压垮了她。肺气肿转肺心病，陪伴奶奶的最后一个春节也成了我心中永远的痛。奶奶每天半夜睡不着觉，咳嗽伴随着她，痰一晚上就吐满玻璃瓶。爱美的奶奶每年春节都会换上新衣，梳洗干净，迎接新年的到来，而那个春节，她连换新衣的力气都没有。她也比往常唠叨，一句话反复好几遍，有精神的时候总摸着我的手，眼睛里闪着光，温暖而明亮。告诉我好好学习，考个好学校，将来有出息，这些隐隐的让我感到不安。果然，在我开学没几天，正月二十五，噩耗传来，奶奶永远离开了我。树欲静而风不止，子欲养而亲不待。我才发觉我想做的很多事都还没来得及做，我想带奶奶到我的学校走走，我想做一身奶奶最喜欢的衣裳去拍合影，我想陪奶奶去北京看看人民大会堂……

　　奶奶，你在天堂安好吗？当我想你的时候，我就会仰望天空，在群星中你梳在两个大辫子，微笑着向我走来，如轻风抚过我的头。那颗最亮的星星温暖而明亮，分明就是你的眼。我知道，你一直看着我，陪伴着我。

　　作者简介：小玉，史永华，包头市最美书友会理事。现包头农商银行任副行长，喜欢读书、音乐，关注一切美好事物。

小姑娘

文/胡刃

　　暑假，女儿把一只刚断奶的猫抱进家。我怕影响女儿学习，直到女儿向我保证不玩猫，我才答应把猫放在一个只有书本大小的笼子里。

　　我有午睡的习惯，猫却没有住笼子的习惯。猫不停地叫，我不能入睡，索性把它放了出来。或许是因为对这个新家的陌生，或许是因为思念妈妈，猫仍"喵喵"地叫。我烦燥起来，狠狠地打了它两巴掌，猫躲到沙发下，默不作声。

　　吃晚饭的时候，女儿不见了。我和妻子等了二十多分钟她才回来，原来她下楼给猫买牛奶去了。我从小生在农村，养猫的人家很多，那时家家都穷，能给猫一点残羹剩饭就不错了。见女儿买牛奶喂猫，我狠狠地说："对猫比你爹还亲！"

　　几天后，猫出落得既水灵又活泼。妻子把它放在地上，拿香肠引它往床上蹦。这只猫毕竟还小，每次都是蹦到床沿就滑下来，尽管四个爪子紧抓挠，却怎么也上不去，逗得一家人哈哈大笑。家里的笑声多了起来，我开始喜欢它了，两天给猫换一次便盆，三天给猫洗一次澡。

猫一天天长大，女儿见猫的眼睛晶莹剔透，就叫它晶晶。我觉得这个名字有点俗气。我发现猫肚子下有八个黄米粒大的奶头，就对女儿说："爸爸给它起个名字，就叫小姑娘吧。"

小姑娘耳朵特别灵，她不用看，凭听觉就知道是不是有外人进门。外人来的时候她躲在卧室不出来，家人一开门她就跳下床迎上前去。小姑娘先在家人裤脚边亲昵地蹭几下，然后在地上打几个滚，那样子就是一个爱撒娇的小姑娘。

我开始逗小姑娘。我用手挠床单，发出窸窣的声音。小姑娘顿时两眼瞪起，旋风般扑来，一下子叼住我的手。妻子和女儿吓得"啊"的一声，我的心也提了起来。担心是多余的，小姑娘只是把我的指头含在嘴里，分寸把握得恰到好处，绝不会伤到我的皮肤。

女儿有个羽毛毽子，小姑娘对羽毛十分敏感。我用绳拴羽毛毽子在地上拖动，小姑娘反应神速，瞬间扑向羽毛，狠狠撕咬，而且头左右摇摆，嘴里不时发出咆哮之音，全然没有叼我指头时的温柔。

我把塑料袋绑在小姑娘尾巴上，小姑娘原地打起了转转，怎么也甩不掉塑料袋。小姑娘用求助的眼神"喵喵"地向我叫，我不理她，她就用头往我脚上蹭。见我无动于衷，小姑娘"噌"地蹿了起来，在卧室和客厅里狂奔。只跑了两圈，塑料袋便刮在沙发腿上脱落下来。小姑娘用自豪的眼神看着我，"喵喵"地叫两声，那意思似乎在说，不用你我也能把塑料袋解下来。

一个堂堂的五尺男儿，岂能败给一只猫？我灵机一动，把一只袜子套在小姑娘头上。小姑娘抓不下，揪不掉，咬不着，折腾半天仍是徒劳。小姑娘干脆往地上一躺，这下她终于认输了。

我戏弄小姑娘的办法还有很多，比如把她的两条腿系在一起，比如用夹子夹她的耳朵，比如在她脚上拴个铃铛，甚至趁她打呵欠的时候揪她的舌头……这时候，妻子常常笑出眼泪，女儿前仰后合，我更是直不起腰。

于是，我对小姑娘自称"爸爸"，女儿对小姑娘自称"姐姐"，妻子虽不像我和女儿那样亲切，但也称猫为"孩子"。

春节就要到了，妻子给鱼缸换水时把鱼捞进一个水盆。小姑娘以前总是蹲在鱼缸上贪婪地看鱼，从没有像今天这样伸手既得。我怕她伤到鱼，就把水盆放在自己眼前。可小姑娘仿佛跟我捉迷藏，我稍不注意，她就把爪子伸向盆里的鱼。我只得把水盆放进卧室，关上门，不让小姑娘进去。

我喜欢厨艺，每当下厨的时候，小姑娘常常跟在我身后，"喵喵"地向我要吃的。中午，我已经炒了两个菜，却不见小姑娘的影子。我有点纳闷，便向卧室张望，见小姑娘正叼着一条鱼玩得十分高兴。我扔下厨具，几步蹿进卧室，发现水盆里的鱼全都不见了，我的火"腾"就上来了。小姑娘发现我表情反常，"哧溜"钻到床下。我一把抓住小姑娘的前腿，"噌"把她拽了出来，用力把她的头按进水盆，小姑娘拼命挣扎。我连按了几次还不解气，一抖手，把小姑娘摔在地上，"喵——"随着一声撕心裂肺的惨叫，小姑娘蹒跚着钻进床底深处。霎时，我的心一紧。

妻子和女儿回来了，我摆上饭菜，却不见小姑娘，妻子和女儿不约而同地问："小姑娘呢？"我把经过说了一遍，妻子怒道："谁没做过错事？你竟对一只猫这么狠！"

女儿立刻放下筷子，跑到床下把小姑娘抱了出来。妻子活动小姑娘的四肢，女儿查看小姑娘的五官，幸好小姑娘没有受伤。我讨好似的把小姑娘抱在怀里，小姑娘使劲往外挣；我把一块肉给小姑娘，小姑娘看也不看；我用手挠床，小姑娘置若罔闻；我拿毽子逗她，小姑娘头也不抬；我把她搂进被窝，小姑娘钻出去孤独地趴在沙发上。

人生最大的幸福是快乐。小姑娘给我及家人带来了无穷的快乐，可她仅这一次触犯了我，我就差点将她至于死地。我和猫是这样，人与人之间难道不是如此吗？我对小姑娘追悔莫及，那些将他人至于死地的人会吗？

作者简介：胡刃，中国少数民族作家学会会员、内蒙古通俗文学艺术研究会副主席、包头市作家协会副主席。已出版图书 19 部。包头市最美书友会顾问。

父亲进城

文/申中明

2014 年年初，母亲在承受了 10 多年病痛折磨后驾鹤西去。在母亲床榻前一向坚强、乐观的父亲突然间变得羸弱、胆怯，任凭亲人如何劝解也无法从悲伤、消沉中解脱出来。经兄弟姐妹们商量，我把在中原农村生活了 86 年的老父亲领进千里之外的包头——我工作生活的城市。我想，新的环境和生活方式也许能让父亲逐渐振作起来。

父亲是个老党员，担任过多年的村干部，在农村也算是经历丰富、见过世面、思想进步的人了。虽然耄耋之年才进入城市投奔儿子，但我觉得父亲对城市生活是向往的，特别是我落脚城市工作生活之后，他以我为荣的骄傲之情溢于言表。如今真的进了城，他一定用心而且努力了，在改变生活习惯、讲究卫生、说话办事诸方面适应得都很快。我有时参加会议打扮得西装革履，征求父亲对我穿戴的意见时，父亲总是特别高兴。用欣慰的只有父亲看儿子才有的眼神看着我道："好！好"！我有时工作上有点烦恼，在和父亲交流时，常常惊讶于父亲看问题的一针见血，我的一些困惑常常在父子沟通中豁然开朗。我的生活因父亲的到来而一下子变得充实、温暖，父亲也因为能和他思念了 30 年的儿子朝夕相处而满足、愉悦，我们父子都由衷地享受着这迟来而温馨的亲情。

怕父亲一个人在家闷得慌，我平时出去买菜时就把父亲带上。父亲看着菜市场里一眼望不到头的各种蔬菜和不认识的水果，惊讶得不得了，他想不通不种庄稼的城市里怎么会有这么多农产品。周末，我带父亲走进青山区的沃尔玛超市、王府井商城，怕父亲走不动，我特意让父亲坐上轮椅，从一楼逛到三楼。父亲看着琳琅满目、应有尽有的各种商品，感叹商场面积真大！品种真多！东西真贵！一个劲儿地说：这商场比咱村大多了。

"十一"长假期间，我带领父亲逛遍了青山区周边大大小小的公园。我推着父亲参观迎宾公园、兵器公园、银河广场、阿尔丁植物园……父亲看到什么东西都很好奇、很兴奋，总是不停地问，我也不停地答。逛的时间长了，父亲怕我推着他太累，说是也想推我一会儿，让我感受一下坐轮椅的滋味。当八十多岁的老父亲推着我这个中年人走进人员稠密的广场时，来来往往的人们奇怪地看着我，我好不自在。但老父亲开心，管他呢。我们欣赏着蓝天碧水，感知着人生冷暖，在大自然的怀抱里相依相伴，相亲相爱，不为稻粱谋，不为名利累，不为人事苦，足之所至，心之所抒，岂不快哉！

推着父亲行走在美丽的街景中，我不禁想起自己童年时代印象深刻的一件事。上世纪 60 年代，最大的精神享受就是到附近的矿区礼堂看一场电影了。那时候礼堂没有座椅，观众拥挤得就像春运期间的火车站。每次，只有四五岁的我都是骑在父亲的脖子上看完的，也可以说，我是在父亲的脖子和肩膀上开始了文艺的启蒙。那时的我，还体会不到父亲终日在农田里劳作的疲惫和艰辛，只是忘乎所以地享受着他对我的宠爱。现在，父亲一脸的满足。我终于开始反省：为什么非要等到父亲迟暮之年才接到自己身边？如果父亲在此之前有什么闪失，来不到城市，看不到城里的景致，自己的忏悔有用吗？自己的奋斗有价值吗？

听说父亲从老家来包头了，一些朋友想请父亲吃顿饭，尽一下地主之谊。宴席上，父亲不喝酒，也很少吃东西，他把主要精力用在观察我们如何交流，都讲些什么话上。每次有人敬酒称他"老父亲"或"老爷子"时，他都特别激动，特别感动，满面笑容，频频起身，热情回应大家的问候。

每参加一次宴会都会回味好几天。他私下给我说："咱村的老人谁上过这么大场面！谁吃过这么大宴席！谁见过这么多本事人！而且还那么有礼节、尊重我。也就是我活到这么大岁数，有这么大的福分，才能跟着你享这么大的福。"我的心猛然一颤：原来，参加一回宴席是父亲修来的福分！原来，叫一声老爷子能有这么大的分量！

白天，父亲在家一呆就是一整天，时间长了难免孤独寂寞。为解决这个问题，我把父亲领到了青山区的富润社区服务站。工作人员的嘘寒问暖打消了父亲的顾虑，父亲每天都会主动去社区呆上一两个小时。我问父亲社区里的服务好不好，都有些什么活动，自己参加了哪些？父亲激动地说："真是碰到好人了，听说我是八十多岁的老党员，社区里的张书记、郑站长和张主任对我可热情了，主动和我聊天，搀着我上楼下楼，每次回来还把我送出门外。张书记还送了我一包'暖身宝'，真有些不好意思呢！"父亲很兴奋，也很感动，还拿出"暖身宝"给我看。他还告诉我社区里经常有一帮老太太在打牌，男同志不多。我故意给父亲开玩笑："城里的老太太可开放了，你是老党员了，可要掌握好分寸。"父亲一下子有点急，马上表明立场："你爹我当了30多年的村干部，还是建国前的老党员，啥情况下意志都很坚定，哪能毁了晚节！"我可爱的父亲啊！

父亲7岁时我爷爷就去世了，作为家中的老大，他和我奶奶领着我的叔叔姑姑们逃荒讨饭，度过了那个战乱和饥荒的年代。父亲1947年加入共产党，并担任民兵连指导员，曾参加过解放家乡水冶镇、汤阴县、辉县等大小战斗十余起，还看管过日本投降后被降伏的百余名皇协军部队。上世纪60年代，家乡人民在艰难困苦的条件下修建举世闻名的红旗渠工程，已担任村（大队）干部兼民兵营长的父亲因组织指挥有方，完成任务出色而多次立功受奖。在我心中，父亲就是一名响当当的英雄，英雄迟暮，该享点福了。

冬天过了，春天不远了，父亲将在这个城市里第一次过春节。怎样才能让父亲在这个春节里过得开心快乐？这个问题我要认真考虑考虑。

作者简介：申中明，1965年生。1988年毕业于南京炮兵学院。从军29年，300余篇新闻作品和随笔见于军内外各级报刊。现供职于包头市文化部门，包头市最美书友会顾问，包头市作家协会会员，评论协会会员。

生命中的相逢

文/玉儿

人生何处不相逢。非也。无缘对面不相识。诚然人生何处都相逢。然，能有几许相逢何必曾相识，能有几多相逢可以走进彼此的生命。生命中的相逢啊——你在哪里？

生命中最惊心动魄的相逢，于我认为是生命的缘起，是呱呱坠地之时。那一刻，你选择了生，选择了与父母血浓于水的生命之相逢。那一刻注定了一生永不分离的相逢。

这一次生命中的相逢，如一杯烈酒，似一壶浓香的茶，你人生所有的喜怒哀乐、摸爬滚打、悲欢离合、酣畅淋漓……都可以在这里尽情地索取、释放、雕琢、磨砺、栖息、乐享……虽然终有一天，我们亲爱的父亲、母亲，会白发苍苍、步履蹒跚、灯枯油尽，可在我们的生命中，注定这一次的相逢，就是那取之不尽、用之不竭、汩汩而出的甘冽的泉，给予我们一生的营养、力量、智慧与支撑，还有怀念。

此时此刻，我深深地怀念生命中相逢的那个他，我的父亲。他走了。我至今也不愿触碰心中隐隐的痛。70岁的他是否是走得早了些。但无论怎样，他走了。肌肤的温度流动的血液就那样戛然而止。这个给予我生命、我生命中最重要的相逢的他，就这样走了十年了。父亲离去的这些岁月，我从而立走过了不惑。既平淡也澎湃，既庸常也有精彩。尽管那个生中相逢的他，在我心中从未远离，我却常常感到孤独。唯有怀念。怀念陪着我走过人生重要关口的生命中相逢的他，我的父亲。

19岁的那个夏季，天仿佛是灰蒙蒙的。第一次尝到失意的我从学校回到家中。下午时分，只有父亲在。父亲怎么会在？是在等候我的消息吗？可我不得不把保送没有成功这个糟糕的东西端出来。父亲却特别地平静，他应该从我走进家门的一瞬间就已洞察一切，并以神奇的速度处理了那个糟糕的东西。随之送给我的是轻柔的抚慰与静静的陪伴。我忘记了是怎样走出人生第一次失意的，只记得了父亲那个下午脚步的小心翼翼与一桌喷香饭菜的陪伴。

33岁的那个春天，天依稀晴朗蔚蓝。在我顺利完成全市公开选拔县级干部面试迈进家门的时刻，电话铃声响起。父亲打来的，父亲成为分享我好成绩的第一个人。已经忘记了当时是怎样的喜悦，只记得那——第一时刻的电话铃声。

这是一种怎样的陪伴啊！这是因为生命中的相逢，而给予的付出的奉献的爱。陪伴是爱的方式，爱是陪伴的本质。那样的质朴，那样的无私，那样的熠熠生辉，那样的轰轰烈烈。

生命中的相逢啊，你在这里！是第一次相逢也是永恒的相逢。你如此迷人，让我深陷之中，一生充满迷恋。

我怀念生命中相逢的他，我的父亲。

作者简介：范维瑾，笔名玉儿。包头市妇联副主席，包头市最美书友会顾问。

怀念我的父亲朱栋

文/一丁

1

早春，一场雨雪纷纷扬扬地下着。皑皑的大雪覆盖着大地，象是要覆盖旧日的一切记忆。我对父亲的追思也象那白雪覆盖下的万物，忽儿清晰，忽儿模糊……

伸出双手，接住那一片片轻盈飘落的雪花，那么晶莹，那么清凉，我分明感觉到它的存在，可眨眼间，它却融化了，消失了。人的生命也如此啊！在浩瀚无垠的宇宙间，人的一生象在瞬间即逝去了！此时，我才真正读懂了父亲常书写的一幅联句："宠辱不惊看庭前花开花落，去留无意望天上云卷云舒"。

父亲走了，走得那么匆匆。这也象父亲的性格，做什么事都是雷厉风行。只是我实在不愿接受这无奈的现实，怎么象父亲这样坚实的人，竟一下子消失得无影无踪，象这二月的雪，来也匆匆，去也匆匆……

2

父亲走了。家里再也看不到父亲慈善的笑容，看不到父亲挥毫疾书的身影，听不到父亲演奏那委婉如诉的小提琴……但每当看到父亲用过的写字台、文房四宝和发表过的文章，看到家中及朋友们手里珍藏的父亲书写的条幅，看到父亲用过的小提琴、照相机……就勾起我对父亲深深的怀念之情。

父亲很穷也很富有。穷是说他一生都没攒下一分钱，连住房都是我们子女出钱给买下来的，赤条条地来到这个世界，赤条条地离开这个世界；富有是说他一身才华，而很多人一生连一门才艺也没掌握，也是赤条条地来，赤条条地去了。

父亲天性聪慧，学什么会什么，许多才艺是无师自通，自学而得。父亲只说自己是个写字的，在毛笔字上下了点功夫，而且还是个学生，其实，他的爱好很广泛。他的文字功底很扎实，出手也快，单位里交给他写的材料，总是提前交稿。他的摄影作品早在 50 年代就被国家级大报刊登。他的小提琴独奏、二胡独奏和蒙语"好来宝"还作为单位联欢晚会上的节目。文革期间，他不愿意参加任何派别，只想默默为大家做些好事，于是学会了修表，几年中无偿为同事、朋友修表上千块，还经常悄悄搭上买零件钱。街坊里有三位残疾兄弟都是下肢瘫痪，辍学在家，无事可干，家中一贫如洗。是父亲主动找他们谈今后的生活，手把手教他们修表、修相机，还把自己心爱的瑞士手表摘下来让他们练习拆装，后来干脆当了配件。三兄弟凭着这门手艺开了个"犇牛相机电器精修部"，如今也能自食其力，温饱有余。父亲还会针灸，在缺医少药的年代，单位里、街坊里请他扎过针的人很多，就连我手腕上的筋疙瘩也是父亲用银针扎散的。

当然，父亲最擅长的还是书法。他的楷书和隶书结构严谨，笔笔见功底；他的行草似行云流水，彩带飘飞；他最擅长的是板桥体，集正、草、隶、篆于一篇，朴实拙成，又变化万千。书法界的朋友们叹服地送给他一个"朱板桥"的美称。然而父亲的字从来不是为了报酬才写的，他有求必应，不管什么人，只要张口，父亲都认为是对他的抬举，再忙也要写了给人家送去。每年春节，机关里组织"给职工写春联送春联活动"，他的字要的人多，每次他都从白天写到黑夜，直到大家都满意。有时他自己累得头昏眼花，不想吃饭，一再说明年再不写了，可年年还是去写。

人的爱好各有不同，但父亲的这些爱好其价值在于奉献，或给人解难，或给人带来愉悦，或给人以启迪。我曾用不解的目光望着父亲——这究竟为了什么？为了赚钱？显然不是，还经常往里搭钱。为了当官？更不是，父亲说他根本不是当官的料。其实，父亲真的不为了什么，只要听到人们说："老朱是个好人！"他就十分欣慰了。后来，我的确听到许多人这么说，不仅当过父亲领导的人这么说，和父亲交往过的艺术界的朋友这么说，更多的是普通群众这么说。特别是父亲去世后，我才真正从人们那里听懂了这句"普通话"的份量。父亲病逝后，我们按照他的意愿，没有通知任何朋友，也没有在街坊里摆一个花圈，可许多人还是知道了，参加告别仪式的人很多，人们眼里都含着泪水。之后，也有许多人到家中以各种方式表示他们的哀悼和敬意。多少人都赞叹而又惋惜地说："老朱真是个好人，怎么就这么走了呢！"

3

是什么时候才懂得了父爱是世上最无私最珍贵的感情？第一次是我有了自己的女儿时，第二次便是我失去自己的父亲时。从这时起，我便真正理解了父亲为我们所做的一切，包括父亲曾经非常严厉的训斥。

我越来越感悟到，父亲是个教育家。父亲最愿意听到人们称赞他培养了三个大学生。的确，父亲在教育子女上是有他独特的方法的。父亲身上可学的东西很多，我和弟弟学习小提琴，妹妹学习琵琶，都是父亲当启蒙教师。父亲的治学态度非常严谨，从不讲似是而非的话。父亲最反对写白字，他也从不写白字，凡是说不清楚的字，总要查到出处才行。父亲凡事都能做到以身作则，他要求我们早起，他自己起得更早；他要求我们学东西持之以恒，他自己也天天坚持学习他喜欢的东西；他要求我们不要贪图享受，他自己也非常简朴。这也是我们学习有压力的重要原因。记得刚时兴做沙发时，我们都希望家里也做一套沙发。可父亲坚决反对，说学习还是坐硬板凳有精神，坐沙发容易使人庸懒，追求享受，不思进取。所以，我们家写字台有三张，而沙发是我们三个孩子都考上大学才添置的。现在想来，那三张字台，正是我们书写人生的起点啊！父亲也很反对我们老看电视，开始时既不买电视更反对我们到别人家看电视。后来，见我们总是

偷偷跑到邻居家看《姿三四郎》，才买了一台黑白电视，但
严格规定看电视时间。弟弟复习高考那年，父亲干脆拆掉电
视机里的几个零件，说"电视机坏了"，全家人半年多没看
电视。那年，弟弟惜林以高分考入了北京科技大学。弟弟现
在是一家合资企业的副总兼总工程师。

4

　　父亲是个孤独的人。这一点别人也许看不出，大家看到
的只是父亲乐观的一面，但我常真切地感到这一点。父亲的
孤独是由秉性决定的。他正直，而在生活中人不违心就很难
做人；他真诚，而他的不会虚伪却常让人很难接受；他追求
真知，而现实中往往是肤浅的人在大出风头；他清廉不染，
然而遇事囊中羞涩的尴尬却经常嘲笑着他的自尊。

　　在我小的时候，父亲经常训导我要做一个甘于清贫却必
须有真才实学的人。他常用徐悲鸿的一句话告诫我："人不
可有傲气，但不可无傲骨。"清贫而不为不义之财所动才谈
得上傲骨。他不是没有发财的机会，他走过许多单位，管过
人事，也管过钱物，在市纪委工作时还查过案子，有过许多
敛财的机会，但他认为，用不义之财富起来，睡觉也不会安
稳的。我亲眼所见，他一次次把送上门来的钱物拒之门外。
有一次，他不在家时，母亲拒绝不了送来的礼物，他回来后
大发雷霆，说这是玷污了他的名声，之后，坚决送还了人
家。我成人后，他感到我有了主见，不情愿接受他的训诫
了，便说的少了，却仍用他的行动暗示我，影响我。他为我

和弟妹取得的每一点成绩而欣慰，但对我们身上的世俗习气很看不上，也很困惑。父亲在他的日记中写到："在改革的大潮中，人们的观念不断地变化，一些道德伦理也被人们逐步改革着。在某些方面，人们把义让改为竞争；把勤俭变为高消费；把教子女安分守己变为敢想敢干……，这就把一些受过革命传统教育的老年人推入困惑，不知怎样为人……，这倒也不是个新问题，从古到今，本来就是这样，君子淡泊，贪吏酒肉臭，不过而今就更为突出了。"父亲一生中前几十年是怎样想的我不知道，后几十年我觉得他一直是在这样一种孤独的、矛盾的心境中捱过来的。

但是，父亲做人从不失去他自己的原则。他公私分明，从不占公家一分钱便宜，对贪官污吏更是嫉恶如仇，他鄙视玩权贪财之人，敬重那些虽清贫却有德有才有为的人。他长期学承郑板桥体，大概也与郑板桥的为官为人之道有关。从这个意义上说，父亲并不孤独，每当父亲和志同道合的朋友谈这些问题时，我便看到父亲从内心表现出的激动、快乐和满足。

5

雪还在飘着。我不知那片片洁白的雪花是在昭示父亲的一世清白，还是父亲的在天之灵仍在关注着我，撒下这片片纯洁继续告诫我，鼓励我，祝福我。

我是个无神论者，我从不相信在冥冥之中会有什么主宰人类命运的神灵。但父亲患了肺癌，在石家庄治疗期间，我却生平第一次跪倒在闻名遐迩的定县大佛前，烧三柱高香，含泪乞求佛能保佑我的父亲。我的要求并不高，让父亲再活两年，我为他办个书法展，过上70岁生日。如能如愿，我一定从此皈依佛门，一生敬佛。然而，仅半年父亲就离开了我们，离开了这座美丽的城市，离开了爱他的亲人，离开了他热爱的书法……

父亲是极敏感的人，我想他一开始就知道自己患的是不治之症，他只是佯装不知，自己忍着病痛，而使周围的人们在绝望中得到些许安慰。

父亲走了。没有给我们留下一分钱财富，就连父亲的书法集所收集的书法作品，也是凭着母亲的记忆，我从父亲的同事、朋友们的收藏中一条条拍摄回来的。大家都希望收藏他的真迹留作纪念。然而，父亲的精神留给了我们，让我常常深思、反省、自勉、自戒，这是最大最可贵的财富。

作者简介：朱剑林，笔名一丁（曾用笔名一丁嘎布），男，汉族，生于内蒙古固阳县。中国音协会员，包头市音乐家协会常务副主席。1980年开始歌曲创作。现任包头市政协副秘书长、办公厅主任，包头市政协文艺院常务副院长、包头市最美书友会顾问。

姥姥·碾子·黄米糕

文/慧杰

回想起姥姥的一生都是眼泪。

姥姥出生在一个特别贫穷的家庭，听妈妈说，姥姥的爸爸还讨过饭。姥姥出生在正月初八，在村里传说是八仙过海的日子。本来姥姥的父亲要把她扔掉，就因为她出生在这个特殊的日子里，家里老人说她也许是福星，她才逃过了这一劫。

姥姥十六岁就嫁给了我的姥爷，一生中生了四个女儿一个儿子。姥爷是村里的民兵队长，身材高大，模样也不错，但却是个酒鬼。自姥姥嫁给姥爷的那一天起，姥姥就成了家里的重苦力。家里大小的轻重活，都压在了她单薄的身上。姥爷从来没给家里挑过一担水，脾气还不好，经常对姥姥呼来喊去。没事就和村里一帮不正经的女人扯皮。日子久了，村里难免风言风语。可姥姥因为出身穷，对姥爷的这种行为敢怒不敢言，经常趁孩子们不在时偷偷掉眼泪，默默地独自忍受着把孩子们抚养长大。

姥姥家有一头毛驴，它是姥姥最大的帮手。无论上山砍柴，还是拉碾子、压玉米、碾黄米，毛驴都十分卖力。姥姥特别疼爱她的驴，每天干完活以后，姥姥都会割一大筐青草给它。姥姥家门前有条大河，河边的青草一尺多高，营养丰富。姥姥把它的驴喂的膘肥体壮，身上的毛油亮，像绸缎似的。村里有一台碾子，是全村人公用的磨面工具。碾子由于使用率高，边缘和棱角被磨的又亮又滑，碾辕虽有些裂纹，却也是油光锃亮。每到节日或村里有红白喜事，碾子前总是一派繁忙景象。小时候，每当姥姥去压面的时候我都跟着，不是为了帮姥姥干活，而是为了爬在碾子辕上打悠悠。每次当我爬上去后，感觉驴拉的非常吃力。最让我好奇的是，每次姥姥总会用一块黑布把驴的眼睛蒙上。后来才知道，一是怕驴看到碾子上的面偷吃，不好好拉磨；二是怕驴转圈儿转的头晕。

　　姥姥四十八岁那年，姥爷因为过度饮酒，在一天夜里大口吐血，仅仅活了五十四岁。姥爷死的时候我只有六岁，我清楚的记得姥姥坐在灵棚前放声大哭的场景。根据当地阴阳的安排，姥爷的灵柩要停放七天，出殡的头一天晚上是孝子贤孙及生前好友吊唁的时刻。姥姥请了鼓匠班子，院子里用五色纸糊的各种纸火摆满了每个角落。夜黑了，孝子贤孙及朋友开始轮流烧纸跪拜，鼓匠很卖劲的整整吹了一夜，第七天上午姥爷终于要入土为安。姥姥看着姥爷的大红棺材渐渐远去，哭得背了气。从此以后，姥姥成了村里最年轻的寡妇。

　　我十二岁的时候，姥姥随舅舅从农村搬进了城里，好多人劝姥姥再改嫁，舅舅和姨姨们都不同意，所以姥姥孤单了多半辈子。姥姥为舅舅哄大了三个孩子，为三姨哄大了三个孩子，最后没有一个能留在她身边照顾她。姥姥由于年轻时受苦太重，落下了病根儿，六十岁的时候身体就垮了。后来还被检查出有心脏病，生活自理都成了问题。舅舅只顾照看自己的生意，有时候好几天才回去一次。姨姨也都各有各家，各有各的难处，不能守护在姥姥的身边伺候。这样姥姥吃饭就成了大问题，经常饿着肚子。

记得2011年大年刚过，我特意去看了看姥姥，她的脸色非常难看，我用身上唯一的五十元钱给姥姥买了两瓶很大的黄桃罐头，没想到这一次竟成永别。我刚回包头一个月就接到了舅舅的电话，听到电话里舅舅低沉的声音我已预感到姥姥一定是去世啦！确实姥姥去世已经三天了。我顿时如雷轰顶，悲痛万分，急匆匆和朋友借了五百块钱买了火车票往回赶。我无法想象看到姥姥棺材的那一刻。

一进姥姥家的大门，我瘫倒在地上，好几个表弟表妹围了过来。我被他们搀扶着走进院里，院里除了来来往往忙碌的人就是花圈和纸人。引魂幡随风飘摆，满院都是烧纸和香的味道。院子正中间搭着灵棚，姥姥的棺材停放在里面。我趴在姥姥的棺材上哭的死去活来，我的哭声里有对姥姥的怀念，有对姥姥的愧疚，也包括自己的委屈和憋屈。被弟弟妹妹们死拉硬拽的拉进了屋里，妈妈、二姨、三姨、四姨、舅舅，还有好多亲戚在屋里商量事情。三姨给我端过来一碗烩菜，夹了个黄米糕让我吃，我哽咽着吃了一口。糕还是黄米糕，可是味道变了，已经不是姥姥用碾子压出来的味儿，还有些发苦。

和姥爷去世一样，吊唁的晚上，院子里响起了唢呐声。这天从早上就开始下雨，一直下到半夜。从来没见过这么大的雨，唢呐声凄惨而苍白，伴着雨声响了一夜。我坐在姥姥的棺材边，直到凌晨四点多才昏昏沉沉的睡了！

第七天上午要出殡，舅舅将殇灰盆举过头顶砸碎在门口，姥姥的棺材在一片哭喊声中抬上了汽车。姥爷的墓地在一座大山顶上，送葬车走到山脚下突然开始下起了雪，雪越下越大。好在人多，众人把棺材抬上山顶。山顶上风大雪厚，都分不清东南西北，车上拉的纸火和花圈被大风刮的满天飞舞，我的天……这是个啥日子呀？难道是姥姥在惩罚这些不孝的子孙吗？难道是姥姥不想和姥爷合葬在一起吗？姥爷活得时候和姥姥天天吵架，是姥姥不想和姥爷在另一个世界继续吵架吗？

来到墓穴口我看到了墓穴里姥爷的大红棺材，下葬的人很娴熟的把姥姥的棺材吊进了墓穴里，姥爷和姥姥时隔二十多年后又重新厮守在了一起。我心里默默的祈祷他们见面后不再争吵，姥姥入土不到五分钟天气突然又开始放晴。太阳晒的姥姥的坟头黄灿灿的直冒热气，那冒起来的热气就像小时候姥姥蒸黄米糕一样，味道是那样的甘醇！我有意深深地吸了一口咽进了肚里。送葬的队伍开始陆续的往回返了，我回头看了看姥爷和姥姥的坟头，心里一阵凄凉，泪水不由得又流了下来。

时至今日，姥姥去世已经五年了。我不再爱吃黄米糕，也不想吃黄米糕。不管沾多少蜂蜜和白糖，黄米糕依然那么的苦，在我心里姥姥用碾子压出来的黄米糕才是最香最甜的。

作者简介：刘俊杰，号慧杰，多层立体剪纸艺术家。包头市最美书友会理事。此文为处女作。

又是一年橘花香

文／梁丽仙

　　时间过的真快，转眼间二十年过去了！记得我嫁到张家的第一天，就看到花盆里栽着一棵小树苗，看树叶像是杨树。婆婆告诉我说："那是橘子树。这种树一般生长在四季长青的南方，在我们北方只能养在家里。"

　　要说家里养的花花草草，我偏爱类似树一样的植物。尽管生长在家里，但当我看到那些绿油油的叶子，高大挺拔的样子，它给我无限遐想……

　　就这样随着时光的流逝，橘子树一天天的长大。几年的时间，橘子树长到竟然和我一样高了。我发现它不长旁枝，只有一根枝干竖立着。我心想，如果把树头剪掉一截，不就滋生出旁枝了吗？于是找了剪刀，毫不犹豫的把树头剪了，期待它早日滋生出新的枝叶。

　　第二天，我迫不及待地观察橘子树，树叶竟然都脱落了。橘子树被我给剪死了。当时我很伤心、自责。就因为我的无知、冲动，好端端的一个生命，让我给摧毁了！

　　婆婆安慰我说："不必难过，死了就扔了吧。"我舍不得扔掉，因为我坚信它没有死，从此我一样的为它松土，浇水施肥，只要我好好照顾它，相信它一定能活过来！

一年过后，我奇迹般的发现，橘子树的根部长出了嫩枝，橘子树它活了！激动、伤感、愧疚的我，含着眼泪对橘树说："就因为我的自私、不小心、无知，让你承受着死而复生的巨大痛苦！今天你终于复活了，又能陪我在人生的旅路上行走……"

生活总是在无奈中度过。伴随我的橘子树经历了生死的考验，渐渐地在一天天长大。不管它长成什么样，我不会在伤害它！在我的呵护下，橘子树健康的成长着……

几年之后，橘子树长的比我都高出一截。它似乎很争气，身上支出许多旁枝。在烈日炎炎的夏日，它吸收着大自然的阳光雨露，变得更加繁茂挺拔了！

它好像一个伟大的母亲，随着微风轻轻地舞动着柔美的腰肢，时而仰起头，时而弯下腰。带着开心自信的样子，悄悄的告诉："我要为你开花结果！"

从此，我心里有了开花结果的梦……

年复一年，日复一日。冬去春暖，夏酷秋爽。在等待中，在期盼中。就这样，橘子树在经过了第十九个年头，在秋高气爽的季节里，终于开出第一朵花。白色的小花瓣，简单、整洁，像茶花一样，却散发着淡淡的茉莉花香。芬芳扑鼻，诱人回味。

开花的时间保持了好久，已经接近深秋了。也许是气候的原因，直到花谢了，也没有看到橘子树结果。但是我的希望却不会改变！

又过了一年，橘子树整整二十岁了！这年秋天，它又一次开了花，比往年开的更加繁华了，花朵也大了许多。那淡黄娇嫩的花心，散发着醉人的味道！吸引了众多的蜜蜂与蝴蝶。

这时鸟儿也来凑热闹，唱着歌说："橘子树你真牛，在北方这个气候不适宜的地方，也能娇花四溢，绽放你的美丽，凸显你的魅力，真是独一无二呀！"

持续许久的橘花凋谢之后，终于结果了。我仔细数了一遍又一遍，只结了六颗果实，虽然少了些，但是我很满足。因为在我的精心呵护下，它没有辜负我的期望，为我结了六个吉祥幸福的果实。

由此我想到，这就像水孩儿成立的读书会一样，只要有坚强不懈的努力，顽强不息的精神，水孩儿像橘树般开了花。花香四溢，硕果累累。那些个读书、写作的爱好者们，就是漂亮的蝴蝶，帅气的蜜蜂。围绕在橘树园里，一起读书，写作诵诗。无论你在何方，都会嗅到橘树花的香味，吸收正能量。把读书会的精神，发扬光大。

所以我觉得，不管你做什么事情，都应像那颗橘子树一样，拥有一种不屈不挠的精神，以行动和结果来证明自己的价值！只要有梦，勇往直前，经得起考验，梦就能实现。在你的灵魂深处开花结果……

作者简介：梁丽仙，1972 年出生于内蒙古凉城县，现落户在固阳，职业裁剪师。包头市最美书友会会员。此文为处女作。

老爹的日记

文/彦青

老爹属牛，身高一米八，是与共和国同龄的人。年近古稀依旧精神矍铄，身姿挺拔。爹退休后一直与我们相伴，帮我照顾儿子的饮食起居。知道爹一直有记日记的习惯，记得我小时候他的柜子里锁着几个日记本，可爹说搬家时丢掉了。

儿子上初一至今近5年，爹断续记了4本日记，我从未读过。今夜餐后，与爹妈在温馨的灯光下围坐，二老看电视，我静心读起了爹的日记。爹文笔很好，我捧起就放不下，从不曾如此深入地走进爹的内心世界。我读着、笑着、感动着，也不住地告诉爹：写的真好，为你点赞！给你出版吧？爹笑着不答。

爹的日记内容有对他童年的记忆，有对父母的深切怀念，有对外孙点滴进步的记录，有对平淡生活的感悟，有对亲人的关切，有学习书法的体会，有游记，有对时事的关心，有对亲人和祖国的祝福，更有许多书的读后感……

一本日记的最后几页排序记录着这几年爹读过的书名和作者，数来已有两百多本。掐指一算，爹每年平均读书约

30 本，让我甚是汗颜啊。更让我汗颜的是在日记本的最后一页，我看到爹工工整整地记着我们全家老少的生日和属相。爹在日记里有一句话说："人生之乐趣，第一源自生命，第二源自灵魂。因为一个人只要热爱生命，善于品味生命固有的乐趣，同时又关注灵魂，善于同人类历史上伟大的灵魂交往，他就可以在任何时代、任何时候都生活得有趣。"

他写在这些年的生活中，亲情和阅读占据了他生活最重要的位置，前者让他享受生活的快乐，后者让他享受灵魂的快乐！爹把为我们的默默付出和倾情陪伴，看作是他生活最大的快乐！儿子刚上初一时，62 岁的他每天开车接送外孙上下学，从日记里看到了他每天的辛苦：早 6：40 下楼送，晚 7：00 接上再送补习班。他记下一次被追尾的事故，暗自提醒自己，一定不能大意，保证安全驾驶，安全接送。有一篇这样写道：2011 年 12 月 29 日，入冬以来最冷的一天。在送外孙上学途中，遇一妇女摔倒，车横路中。下车相助，耽搁约 4 分钟，担心迟到的外孙哭了。爹说，要让外孙知道，助人为乐，倘有耽误，也全在情理之中。想来，这些年爹在儿子的成长过程中，言传身教，影响至深。他对书法的执着，对体育的热爱、对书籍的珍视、对亲人的关怀、对他人的相助，无不潜移默化地影响着我们，令我们骄傲。

老爹年轻时一直是单位的篮球队主力，喜欢象棋、斯诺克，每天坚持两个小时的书法练习数年，常常与儿子天文地理海阔天空的聊天，也因此成为儿子的偶像。记得儿子上小学时就写过一篇作文叫《我的'状元'姥爷》成为班里的范文，也着实让爹"得意"了一回。

　　爹在日记中论酒谈茶，写静心品茗之真趣，写与知己把酒言欢之畅快。记得性情直爽的爹年轻时也常常感情上来不由他，醉酒归家寻常事。现在他却常说，饮酒如做人，要把握好度，把握好了是好东西，用不好了就是坏东西。他在日记里告诫自己要科学养生，保持好身体健康，尽量不给儿女添乱。爹还写道，人要多与内心对话，心不静，幸福来不了。有许多事情并不是难事，之所以变复杂，基本上都是认识不到位，处理不妥帖。比如教育子女，首先是当家长的对孩子期望值过高等。想来"青春期"的儿子与"更年期"的我，多少次的矛盾冲突都是老爹化解于无形。

　　爹的日记中最长的一篇是2012年2月23日写下的，关于他对父母深深的记忆和感恩。长达八页的那篇日志，记着那段艰难岁月里异常温馨的年三十，记着父亲的叮咛，母亲的持家有方、教子有方，记着与父亲一段有趣的关于"新年接神"的对话，回顾了父亲一生的艰辛困苦和给予他的点滴温暖、爱抚……爹写到："我们的父母忠厚、诚信、为人真诚、热情、大方、善以待人、宽以待人、知恩图报，深为我们后人赞颂和钦佩，二老给我们留下了极其丰富的精神财富……"看到这里，我的眼泪忍不住流下来了。父母德高，子女良教，这些何尝不是我爹妈给予我们的最大财富啊，父母的爱和行是永远留在子女灵魂深处的灯塔。

　　看了日记，才知道爹有便秘的痛苦。爹常常凌晨四五点就睡不着醒来了，这些他却从不曾向我们言说。看到他在去年夏天去过锡盟草原后写下的一句：有机会要再去领略美丽的草原风光。我暗暗决定，今年夏天要带二老去那个更远更辽阔的草原------呼伦贝尔大草原。身为儿女，我们要在他们有生之年，多陪伴他们，多与他们交流，就像他们在我们小时候悉心陪伴照顾我们一样。

不觉间，爹妈已经老了。妈妈的唠叨，爸爸的深沉，无怨无言的付出，也许我们早已习惯了这种关爱，渐渐忘记了感动，忘了说声谢谢。

写完这篇文字时，爹妈已经睡着了，听着他们轻微的鼾声，我觉得这是最让我心安宁的声音。此刻，我也觉得自己是世界上最幸福的人。

作者简介：彦青，包头市最美书友会秘书长、包头市妇联旗袍协会组委会委员。毕业于内蒙古财经学院，会计师，曾任记者，财务主管，企业经理，现任企业书记。

童年记忆

文/简梵

每当人们说起童年，我记忆中首先涌出的永远是这样一幅画面：寒冷的冬天，老平房的门口，穿着灰色棉袄的父亲歪坐在土地上，背靠着墙。不停的咳，几乎是上气不接下气的咳，直到脸通红。

然后是父亲的脸，父亲有张好看的脸。父亲长得非常帅气，清廋高挑，棱角清晰的脸上透着刚毅和倔强，深邃的眼睛，高高的颧骨，红红的脸蛋。每次他看我的时候脸上都没什么表情，印象中父亲的笑容和语言都极少。

再就是满院子的各种蔬菜，不大的院子里被母亲种得满满的。离屋门最远的是玉米，然后是一垄茄子，一垄西红柿，一垄青椒和尖辣椒，及围边种的大葱和上了架子的黄瓜、豆角。

当然这是夏天，一整个夏天母亲的夜晚几乎是无眠的。快到下半夜的时候，把自来水的水表拆下直接接上水管浇地，快天亮时再装上。在那个贫脊的年代一夏天能吃上新鲜蔬菜是幸福的。以至于到现在都觉得那时的西红柿，黄瓜是最好吃的水果。

到了冬天，我会在屋子里透过窗户看母鸡在院子里追逐，戏耍。听到母鸡咕咕叫的时候，便跑到鸡窝去掏刚下的鸡蛋，热乎乎的。

小时候，父亲在家的日子并不多，他在临河上班。而我和妈妈，妹妹生活在包头。大概从我六岁时起，每年在西瓜成熟的季节我都会自己坐上四五个小时的火车去看他。带一些母亲种的蔬菜和吃食。一路上，和认识不认识的叔叔阿姨们聊天胡扯，从不怕生。没人聊的时候，眼睛会看着车窗外断断续续的风景，大声地肆无忌惮的哼唱当时流行的歌曲。印像最深的是红河谷。"人们说你就要离开村庄，离开热爱你的姑娘……为什么不和她同去？为什么把她留在村庄?"这种习惯没有练好我的嗓子。却使我在以后的日子里所唱的歌没有一句在调上。

在父亲那住的日子是快乐的，那是离火车站不远的第二工程段的大院。和父亲一起在门房看大门的有个老伯，他姓马。他最喜欢吃的是白水煮挂面，熟了拿酱油一拌，没留神他就吃完了。他在班上，父亲便领着我上街了。回来的时候小肚子已滚瓜溜圆，塞满了临河的又沙又甜的西瓜和吃多了坏嘴角的哈蜜瓜。这种情形迟续到我读小学的几年，也是暑假的好去处，每次回程的时候，父亲会把我和一麻袋西瓜，一蛇皮袋哈蜜瓜一起送上火车。

在那个年代对于一个普通小孩来说，能坐火车是件极奢侈的事情，而我却不用买票还来去自由，在列车上叔叔阿姨的帮助下美美的来来去去。这使得黄头发的二肉，长得好看的二圆，和学习好的二庆都羡慕极了。他们好像哪儿也没去过，每次回来都聚在我家问长问短，并分享我带回来的甜西瓜。

　　说起童年必须说些有趣的事情，可记忆中有的也只是夏天的时候，我们住的家属院向南二三百米就是铁路线，过了铁道不远便是农民的庄稼地了。放学后，我们经常三五成群去铁道南边捡东西，已经起过的土地总有遗漏在泥土地里的土豆。带个小锌子，在看似隆起的地方刨刨，不用深挖，刨开浮土便能捡到，挨着地一垄垄地找过来就会有半袋子的收获。挨着的还会有葱头地，白菜地。白菜我是不捡的，我怂恿小伙伴们每次先在地头窥视有没有人，有人就假装和小伙伴来玩的，没人就每人拿出准备好的蛇皮袋，边拔边装还要看是否有农民来，差不多了背起袋子就往回跑，总要过了铁道就安全了，悬着的心也落地了。这样的时候是最开心的，二肉和二圆每次只有跟着我才会有这样的收获。

　　还是说说过年吧，那可是整个童年最盼望的日子了。北方的冬天虽然很冷，但家家户户都要把房屋用白灰粉刷一变。找个有阳光的好天气，先把炕上的被褥晒到院子里，然后把炉筒子一节节拆一来，抱到院子里远些的地方平放倒，拿根木棍轻轻敲打铁皮做的炉筒。然后立起来，倒出炉灰。在一节节安装上，火炉子烧得旺旺的。然后用弹子抹去墙上的尘土，开始把调和好的白灰一竖道挨着一竖道依次刷过墙面。家里热，墙面边刷边干，至少要刷两遍。那时，这些工作都是我和妈妈完成的，她刷房顶，我刷四壁。下午在太阳落山前就连家里地上的红砖也用抹布擦过了。露出干净的红。在空白墙上订上年画，家里立刻就喜气洋洋，有了过年的气氛。

　　大年三十很早就被母亲叫醒了，吩咐了必须要干的活，首先要把鸡关在笼子里，用铁锹铲起冻住了的鸡屎，把院子扫干净。然后要剁两大盆菜叶子，是鸡们一直到大年初五的饭食。忙完也到中午了，急急忙忙吃口午饭就可以换上新衣服了。兜里装上糖，装上拆了鞭的小炮，挨家挨户地串。小伙伴们也越聚越多，兜里的糖也越装越多。一有空的时候就溜到小房，揭开锅盖有妈妈炸好的肉丸子，借一个放嘴里，能咬出冰渣子，很凉但很香。然后再拿个炸得金黄的馓子。一溜烟儿又跑了。

我的童年是以悲伤结束的，初中二年级某一个冬天的上午第三节课，班主任来到正在上的英语课上叫我出去。我回到家，家里一如既往的清冷。坐在写字台边上的母亲没有眼泪，没有哭嚎，却满脸满脸的悲伤。只轻轻的一句，你爸，没了。

再见到父亲已是在铁路医院的太平间了。父亲安详，苍白的脸还是那样好看，那样有棱角。

自那天起，我便没了童年，却有了记忆，至少都清晰的在脑海里，挥之不去。

作者简介：高片红，网名简梵。生于 1970 年，祖籍江苏泰州。包头市最美书友会会员，现经营东方水墨包头书画院。

最可爱的哥哥

文 / 许芳宁

年少轻狂，想当年我也跟着哥哥们疯狂过。他们在我童年的记忆里是最可爱的人，有他们的陪伴，我的童年才那么多姿多彩！

哥哥不是我的亲哥哥，而是三姨家的哥哥，小时候妈妈和三姨受尽了后妈的凌辱，三姨17岁时带妹妹离家北上来到内蒙，投奔姑姑。从此姐妹相依为命，先后嫁到房前屋后的好人家！我一出生就有光环罩着，机灵、可爱。深受几个姑姑和三姨的厚爱。每天有三姨家的俩个哥哥陪着，哄着，乖巧听话，偶尔是大家眼中的任天游。

一岁前在他们怀里扑腾扑腾，再大点就是肩上、背上，几乎是骑着马马、伴随着欢声笑语长大的。那年4岁，可以跟着大我俩岁和四岁的哥哥去远一点儿的地方玩儿了。记得那是盛夏闷热的午后，哥哥打了口哨邀我集合，朦胧睡眼的我急急忙忙尾随其后，知道是拿弹弓打"蓝电"和黄毛鸟。我从高视阔步到步态蹒跚，从镇定自若到心醉神迷，内心小激动的我轻声轻语打探消息，顺便也学他们吹鸟儿喜欢的口哨！

一声"打住了一只"撬动了我内心的大石头，那一刻我醉了，欣喜若狂跑去看。记得那是一只玲珑可人、啼声婉转的小鸟，翅膀被打住受伤了。看它受伤我心里七上八下的，回家包扎放笼子养起来。那只小鸟长着尖尖的小嘴，黄黄的小脑袋上嵌着一双又机灵又调皮的黑眼睛，一身浅黄色的羽毛，一对儿嫩红的爪子，真可爱啊！

后来三姨夫好赌成性，俩个哥哥就成了家里的顶梁柱。小小年纪就放羊，家里家外跟着忙。一边保护三姨，一边分担家务。记得那是下雪的午后，我们在院子里玩儿。突然家里传来雷鸣般的响声，第一时间哥哥找了根棒子往家里跑去，我吓坏了！"别打我妈，要打打我"边说边把棍子递了过去，顿时"天风吹雨入阑干，乌鹊无声夜向阑"。那时候趴门口的我早已经泪流满面，二哥抱着三姨夫哭，大哥绷着神经始终没哭。那是什么力量什么情怀，在儿时的我那小脑里，打上了深深的烙印。

他俩小时候很瘦，但也结实。大眼睛机灵的特招人喜爱，虽然朝九晚五可能吃不饱，但妈妈经常送吃的过去。我也最喜欢爸爸上街，然后把他带回的稀罕零食带走，过去给哥哥们分。看着他们狼吞虎咽，吃的那么香，小小成就感就会油然而生。

那时哥哥星期天放羊，我也闹腾着去。又怕我上火或者冻着，每次拿的水都留着给我。衣服多会儿在包包里备用一件，现在想想背一天真的很沉。从此无论刮风下雨，天寒地冻的星期天，总有头扎马尾辫、身穿红外套的小姑娘骑羊行在他俩中间，在荒地里边烤火边吃美食，不亦乐乎。下雨时偶尔还能遇上地皮菜，说也奇怪，雨中会有，雨后瞬时消失的无影无踪！哥哥说这好吃的菜便是羊鼻涕，下雨泡开了！我始终怀疑，地皮菜是黑的像木耳似的，而羊鼻涕是白的！这个疑问至今保留着，美美的，不曾打破。那些年，那些事，满满的都是爱，是我童年最美好回忆！

都说棍棒出孝子，我想说棍棒出绵羊，坐在一团棉绒里的感觉好极了。羊羊超级听话，让走坚决不跑，让停坚决不走，从此我成了生活在羊背上的女孩儿，同时和200只乖乖羊结下了不一样的感情。日复一日，在他俩的守护下快乐的成长着！

小时候我羡慕骑在马背上的人，哥哥说："等我们长大后驯一匹温和的马给你，天天骑着上学。"就这样感动的生活着，长大着。2002年二哥在北京打拼刚站稳脚，便邀请我去游玩。终于盼到暑假便迫不及待买了张去北京的票，中途还遇了个小偷，当时特别害怕，所以不停的和二哥通电话。他也不放心，早早等候在车站。到站那一刻，心中像千万只羊驼沸腾了，一口气就跑出了站。当一个高大帅气挺着大肚坛子的男人张开双臂时，我笑了，笑出的泪花足已让北京下一场小雨。接着二哥像绅士那样打开车门，护我上了一辆奥迪车，那一刻我就是公主！

在北京那段时间不睡觉都觉得精力充沛，我们半夜4点起床去天安门看升旗，然后等着看降旗。第一次去清华学府，第一次爬长城，第一次吃肯德基，好多好多触动心灵的第一次都发生在北京。从此我爱上那个有他在的北京，爱上有他在的城市！

我依然还是那个我，哥哥还是那个哥哥！相亲相爱相随一生！

作者简介：许芳宁，1987 年 3 月生。现工作包头红星佳美管理部，包头市最美书友会会员，并取得心理咨询师和营养师资格证。

蓝围裙的老爸

文/王冬丽

"一九五一年二月十七日，是我生平最快乐的一天。因为光荣的参加了中国人民解放军，我参军是为了摆脱与彻底绝离封建地主家庭，另外不忍视我妻子的悲态。"

这是尘封了五六十年之久老爸的日记，我从厚厚的日记中可以看出父亲历经沧桑的一生。上世纪二十年代出生的父亲是地主家庭出身，有两个童养媳。十五岁圆房，和大老婆生下一儿一女，新中国成立后父亲跟大老婆离婚。五七年父亲复员来包头，二老婆来看望父亲。父亲当时想回四川跟二老婆好好生活，可是主管人事部的人就是不肯答应父亲调回四川，父亲给他下跪求他都没答应。二老婆回四川没多久就自杀了！她的姐姐来信告诉父亲。父亲回四川把坟挖开，抬着棺材告状，人们都说是冤死的，没结果。从他的日记还有书信来往中知道一点。

父亲是名军人，比母亲大十二岁，复员后分配到包头铁路部门工作，五八年与我母亲结婚。父亲是爱母亲的，因此他隐瞒了他在老家时的婚史。后来母亲从父亲的日记中，发现了这段"不可告人"的秘密，一辈子对父亲这点事耿耿于怀。

不管母亲怎么对父亲，父亲对母亲总是百依百顺的。父亲特别感恩母亲，是母亲给他带来家庭的欢乐，和谐。不管母亲怎么无理取闹，父亲都是默默的承受。每每想起穿着蓝围裙为我们下厨的父亲，我心里都是暖暖的。

父母婚后生了四个孩子，渐渐长大的我们偷看了父亲的日记，才知道父亲在四川老家有一双儿女。可是父亲从来不提，他默默的忍受这思念之痛。

有一次我们兄妹几个商量，打算给老家的哥哥姐姐寄钱和衣物，因为家里大大小小的事情都要通过母亲。当我们和母亲说起这事，并把钱和衣物交给母亲让她去办的时候，母亲纠结着，把我们寄给老家的姐姐哥哥的东西克扣的所剩无几。我们知道后质问母亲，被父亲严厉的批评。父亲说当年他和母亲结婚隐瞒了在老家有过婚史的事情，母亲计较是应该的，正是计较才证明了母亲爱他，他也爱母亲。

那是父亲第一次和我们发火，父亲虽然是军人出身，但是从不跟我们四个孩子发脾气。对我们从来都是柔声细语，我眼里的父亲就是慈祥的"王老头"。家中我最小，父亲尤其疼爱我。我总给父亲起绰号，当我叫父亲"王老头"时，父亲就是嘿嘿一笑。

记得我上高中那年，父亲退休了，除了游泳，爬山，父亲每天就是在家里给我们做饭。他穿着蓝围裙，在家里忙碌，做饭，写日记，成了父亲最喜欢做的事情。

那天，在铁路工作的哥哥遇到一位来自四川的和母亲年纪差不多的女子。女子和哥哥打听一个人，说是来包头找她的父亲。她所要找的父亲正是我们的父亲。原来，在父亲认识母亲之前，曾带着老家的女儿在包头生活过。因为后来和大老婆离婚了，就把女儿送回四川。三十多年来，再也没有见过面。女子凭记忆找到包头，知道父亲在铁路工作过，一路打听，终于找到了接了父亲班的哥哥。

哥哥那天正忙，便让同事把老家的姐姐带回家。姐姐从旁人口中得知母亲小心眼儿，不愿父亲和老家的人联系，便把从老家带来的东西拜托同事交给了母亲，没进家门便离开了。

老家的姐姐没敢见父亲，失落的坐上火车走了。哥哥下班回家，进门就东张西望像是找人，正在做饭的父亲问他，在找谁？哥哥说，你那个四川的女儿来看你了，怎么没见？父亲一听立刻扔下手中的铲子，问：你在说什么？她在哪？在哪？你快说！母亲答：我已经让她回去了，我不许你见她。

父亲急了，那一刻积压在父亲心中对女儿的思念一下子迸发了，他第一次冲母亲咆哮，问：谁让你打发她走的？父亲一把扯下身上的蓝围裙，疯了一般地冲出了家门，向着火车站跑去。看着父亲的背影，我哭了。看似平静的父亲，内心承受着多大的痛苦。他对老家的这对儿女没有尽到当父亲的责任，他自责，他是爱他们的，可是人生就是这样有无奈有遗憾有失落。

父亲没有找到他的女儿，他依然平静的穿着蓝围裙给我们做饭，他继续把他的爱深深隐藏起来，并忍受着母亲的冷嘲热讽。

父亲晚年是得癌症去世的，他没有给我们留下什么，除了整箱整箱的日记和他的坚强、隐忍、善良。母亲也去世了，我和哥哥们去了四川老家，找到了父亲的两个儿女。每到春节，我们兄妹四人便会给老家的哥哥姐姐寄钱，和母亲差不多年纪的哥哥姐姐也老了，虽然平凡而又伟大的老爸已经离开我们十几年了，但是每每想起心里都是暖暖的。

作者简介：王冬丽，69 年出生，喜茶、信佛，经营着一家"尚衣间"，包头市最美书友会理事。此文为处女作。

父亲和他钟爱的土地

文/贺英

晶莹剔透的雪花，凛冽彻骨的寒风，厚且结实的冰层在时节的勒令中淡出人们的视线。地的深层便蠢蠢欲动，大有出征前的蓄势待发。"春风不刮，草芽不发"，当吹面不寒的和风拂过，苍凉沉寂的大地便开始萌发绿的嫩芽。春天轻悄悄的来了！

用不了几日，蛙鸣虫啾，莺歌燕舞，到处洋溢着生命活力。一场润物无声的细雨撒过田野时，土壤里裹着的浓厚香味就会溢出来，提醒着乡村的人们，又将开始一年的耕种。

我们祖先的历史就是从刀耕火种一路走来的，走到今天，春耕不再是旧时田间地头农民一手扶犁，一手扬鞭喝牛的老模样，人工耕种的过程被放入历史。只有再打开记忆的闸门，让它从笔尖重新流淌出来，延展成一幅如诗如画的春耕图。图里走过满村勤劳的乡亲，也有我做了一辈子农民的父亲。

"过了惊蛰节，春耕不能歇"。等这一节气刚过，父亲便开始忙着备耕了。你每每看到秋天金黄的麦浪翻滚，麦香四溢，定会为丰收的年景欢呼雀跃。孰不知，勤恳的农人在早春便开始了忙碌的耕耘。为小麦长势更喜人，好些时候父亲会在头年的头伏雨后就开始犁地。庄稼人称"压青"，秋雨后再犁一遍，目的是为了保墒。这耕地讲究"耕的深，耕的烂，来年才能吃饱饭"。为了多犁几亩，父亲天不亮就起床了，套上自家和二叔家的两匹骡子，一步一步的开始丈量脚下的土地！早饭是我在上学的时候顺路带给父亲的，假若不顺路我就会起的早一些，催促母亲快点做好。还没到地界，我就听到父亲有节奏的、拖着长长尾音的吆喝声。有板有眼，有腔有调，如戏台上声情并茂的一曲散板。一对牲口像受过训练似的顺着犁沟走出一条直线，父亲身体前倾，手扶犁把，目视前方，偶尔挥动一下长鞭，俨然像一位指挥冲锋的将军！

"吃饭喽"，我扯着尖细的嗓音大叫。"哦"父亲直了直腰，"放那儿去上学吧，可别误了学习"。然后不紧不慢的走着，懵懂的我不理解为什么父亲腰累成弓状也不肯多歇。一般我不会急着走，会找一块干净的地，铺好布，拿出饭，得告诉父亲今儿吃的什么。父亲看我不挪步，便会将牲口和犁停稳当了。笑盈盈的走过来，摸摸我的头，轻叹一声"这孩子"，盘腿坐下来吃饭。我会蹲在边儿上，看父亲香甜的吃着，听着父亲有力的咀嚼声，闻着刚翻过的地露出的湿润土壤散发出的迷人的土香味，自己也陶醉在这乡野的纯朴中了。偶尔会有一两只喜鹊在另一边的地头跳跃着找虫吃，我就会悄悄的挪向它们。当保持一定距离时互相对峙着，我只要稍稍一动，它们就会抖动翅膀飞向远处。我知道它们一定还会回来，这里觅食相对会容易一些，可惜我怎么也不会撵上它们，只能远远观望。

父亲犁完一块地，会用一种叫耱的农具压一遍，犁出的土坷垃就会被压的稀碎，犁沟会被填平，整块地望去细腻平整，泥土新鲜松软，这一耕埋下了农人盼来年好收成的希望之门！

"清明前后，点瓜种豆"，节令就是农民最精准的时间表。这不，清明时节刚过，父亲便拿出早已修整好的耧（播种用的农具），精心选好的种子，牵着骡子潜入地里，这时候是需要母亲来帮忙的。只见父亲微微弯着腰，手里紧握着耧柄，耧斗里装着早已选好的种，那匹赤褐色的骡子驾着辕，母亲手里攥着缰绳，又是一阵有节奏的吆喝过后，便自然的行走在春天的沃野中了。母亲牵耧，父亲摇耧，在耧葫芦哐当……哐当……有节奏的撞击声里，父亲种下了饱满的种子，也种下了自己执着的信念。

常听大人们说"摇耧下籽入麦秸，扬场使的左右锨"，都是农人的技术活。这摇耧便是其中一项，你得把握"摇"的幅度和力量。父亲是邻村上下出名的摇耧高手，下种匀称，深浅合适，走的线条笔直，在旁人的夸奖下父亲沾沾自喜。母亲对他不屑一顾时，父亲总拿那首谚语作为回答"眼瞅籽眼手摇耧，脚踏土地口吆牛，指挥牵畜准确走，不套不遗匀耧沟"。父亲也很谦虚的，总记得他说：三天学成个买卖人，一辈子难学个庄户人！

我们这帮孩子在春耕时节是帮不上什么忙的，只是在田角沟边乱挥农具，挖土下种。调皮点儿的孩子逮着刚苏醒的小虫儿，刨个深坑把虫儿种下，期盼着秋天收更多的小虫呢！刚翻新的泥土粘的满身满脸，发梢还挂着几根草屑，活像一只只"花脸猫"，逗笑大人们，在春耕的忙碌里添上几丝愉悦。

　　如今我们已长大，有了各自的事业。父亲也年过花甲，到了颐养天年的岁数了，但父亲依然离不了侍奉了一辈子的几十亩良田，扔不掉手头的锄头铁锨。"囤里有粮，心里不慌"，土地是父亲赖以生存的根。只有辛勤的劳作，为钟爱的土地倾尽汗水与时光，才能找到属于他自己的踏实、自在与快乐。时代发展改变的是耕种方式，但改不掉父亲与土地之间联结的那份厚重，父亲眷恋土地的情结依然深沉。我想这不仅仅是父亲习惯了的生活，更是心底的妥贴与安稳。

　　我写春耕，同时写下对父亲，对农民最美的赞歌。又是一季春来到，我已然看到跳动的音符在泥土中谱着动听的旋律。当农忙的大幕徐徐拉开之际，春天的乐手定会为善良、淳朴、勤劳的父辈演奏华彩的乐章。

　　作者简介：加贝，本名贺英，教师，1998 年毕业于包头师范。包头市最美书友会会员。爱好写作，喜欢用拙笔记录生活，也忠爱教育事业，和孩子们在一起会找到无限的乐趣！

雪中随想

文/文巧英

今天下午上班时，走出楼门，洁白的雪花翻飞着落到身上，飘到脸上，洒向世间的角角落落，凉爽而清新的感觉便也扑簌簌融入了心间。不由得让我想到描写雪花的美好诗句"忽如一夜春风来，千树万树梨花开"。望着舞动的雪花，我又想到这样的雪花飘洒中，人人一袭白纱，游走于天地间，人间岂不是仙境？如此想象着，便听到一个童稚的声音："妈妈，为什么落在手中的雪花会化呢？"母亲无语。孩子又说："妈妈，我看到了雪花的形状了……"母亲依然无语。

听着孩子对于大自然新奇的询问之声，觉得世间的一切都如雪花般纯洁，如蹁跹的白色精灵神奇而富有活力。我想：这个孩子是多么美好啊！她的心中充满了对于这个世界的好奇、喜爱、幻想，因而她的内心是丰富多彩的，小姑娘便也是玲珑美丽的。

如果母亲能够跟随小姑娘一起参与到欣赏大自然赐予我们的美丽中，我想雪中母女畅想图一定会令人感动。

想着这样的心事，感受着漫天飞舞着雪花的浪漫世界，又一对母女出现在眼前：母亲对于美丽的大自然无动于衷，一脸严肃地告诫女儿要复习功课，而这个小女孩对于这样美好的天气，也丝毫没有一点欣喜和感动……

此时，我的脑海又浮现出上午上课间操的一幕：雪花漫天飞舞着，学生们百无聊赖的做着本应富有动律的体操，体操结束，学生们依班次顺序回教室。我们班学生在等待离开操场回到班级。我突然想让学生感受雪中的天气，于是下令解散队伍、自由活动、体会心情。学生们，有的跑向有厚厚的雪被的地方，包雪球打雪仗，有的毫不留恋的打算回班级，还有的无视身边美丽的环境，三三两两窃窃私语。

想着我的学生，想着富有好奇心的那个美丽的小姑娘。想着无暇顾及美丽风景、严肃告诫女儿要好好学习的母亲，以及已经忘记欣赏美好事物的孩子，我的内心充满了担忧……

雪花依旧飞舞，但愿所有的人的心灵也如雪花……

作者简介：文巧英，中学语文教学兼职心理教育。爱好读书，朗诵，偶尔写写诗文以抒情怀。包头市最美书友会会员。

父母两尊佛

文/默思

夜不很冷，料峭莹润的，雪一丝一丝地在缤纷飞舞，星星点点的落在脸上。星星点点的寒吻着额头、肌肤和我的眼睛，而我正奔在建设路的灯火阑珊之中，舍弃了一场场面宏大的电影盛宴，去赴一场音乐会，偶得的一场以"敬孝和"为主题的佛乐会。

我非佛门，亦不痴迷，对从古印度婆罗多流传过来千年不衰的佛教有一种亲切的好奇。尤其是佛乐，那平和淡定悠远，仿佛来自天籁的声音可以让我在红尘喧嚣中得到片刻的宁静和安详。整场音乐会就是在这样的音乐和"敬孝和"的中国传统文化氛围中的悠悠地进行着，两侧是着唐装的义工，每一个听者手中都传送着一朵莲花灯。可惜的是，总有无知无觉的人不时会发出一些不和谐的杂音,搅扰着我的心情。苦笑之余想来，还是自己悟的不够才能受到这样的惊扰，前排那些披袈裟，手拈佛珠的修行人对此全无干扰，徜徉与思绪之中。

对于台上的吟诵和其所表达的深意我并不是很懂，想着此文的感悟只来源于一位大德居士的吟诵。在悠然悠远的音乐中，他轻声的吟诵：世若无佛，则善待父母，善待父母就是待佛也，我知道这是佛典《大集经》中的诫文。这是整场音乐会上我全部记住和理解的唯一的一个节目。在他的吟诵中，我看到了我的妈妈……

我的妈妈曾经是包钢医院儿科的护士，也是在那里有了我——她心里最为宠爱的"老儿子"。呵呵，虽然我是个女孩，可她这样叫了我一辈子，我脆生生地应了35年。然后，再就没有人在这样的叫过我了。我妈妈个子不高，但心灵手巧，爱唱评剧，唱腔清灵灵的很好听。当年和爸爸一起用微薄的收入养活着我们兄妹三人，养活着远在东北老家的四位老人，还供养我的叔叔上了大学。小的时候，我没有觉得过家里苦，穿的都是妈妈亲手做的绣了花的裙子和漂亮的小布鞋，吃的总不断。爸爸那口大油缸里腌的肉炒出的各色青菜喷香喷香，惹得邻居的孩子常常在饭点趴我家的窗户。然后我就只能眼睁睁地看着他们来瓜分我们的好吃的，干生气。

随着我们长大，家里的房子变大了。爸爸妈妈也老了，被妈妈伺候了半辈子的爸爸开始知道心疼妈妈了。年轻时火爆的脾气小多了，不在忙那些好像永远忙不完的工作，会时常的陪着妈妈串串门、溜溜弯、打打麻将……爸爸70岁、妈妈68岁那年，老两口还出去沿着中国的海岸线转了一大圈。我们都没有陪着，一个多月走走停停，见见老友、看看日出、出海逛逛、爬爬高山…最后回到了东北老家住了一个月才回来。回来了妈妈那个高兴，絮絮叨叨地说了好些时候呢！我们都嚷着，约定下次再出去，一定要跟着一起去。可是，转年妈妈就病了，这样的出游机会，妈妈没有留给我们，再也没有了，一想起来我就会忍不住的哭很久……

现在爸爸整85岁了，身体硬朗精神矍铄，豁达乐观的心态如同老顽童一样，我们也常常围着他嘻嘻哈哈的听着、也说着关于过去、现在和将来的事情。无论讲到什么最后一定是一个好笑的皆大欢喜的结果。然后，我们去忙工作、忙孩子、忙挣钱。当我一个人的时候静静的想，我真的不知道，到底是我们在哄爸爸开心，还是爸爸在想办法让我们开心。生活的智慧啊，高深莫测！

悠长的音乐再次响起，一位年轻的歌手在唱，好像是《新二十四孝》。唱法虽是通俗唱法，歌词的内容很感人，很温暖。《茅蓬札》记录弥勒劝孝，偈云:"堂上有佛二尊,恼恨世人不识。不用金彩装成,非是栴檀雕刻,即今现在双亲,就是释迦弥勒。若能诚敬得他,何用别求功德."古人常常把自己的生日称为"母难日"。我也是当了母亲之时才真正感悟"儿的生日是娘的苦日"。母亲怀胎十月，再美的女子也会身体变形，生产之日的巨大痛楚，忧虑胎儿、手术惊惧等等。凡孕产如入一次鬼门关，母恩浩大。

佛曰：慈母健在的人是最富有的人，慈母已逝的人是最穷的人。慈母活着即是如日当空，母亲逝世即是太阳落山。佛经中还告诉人们：孝敬好父母所得到的福德跟供佛所获得的福报是一样大的。佛《四十二章经》亦云：敬天地鬼神而求福，不如孝敬父母，孝敬父母最得福。

音乐会结束了，我的心经历了一次"悟"的过程。在潮湿的空气中，车子缓缓的开着，可我并不平静，眼睛涩涩的，旋即打开 CD,让大悲咒的佛乐轻轻的流淌开来……

"明天一定要回家看父亲，要去永盛城买点肉、蛋、菜，再搞一瓶红酒，爸老了不能喝白的，喝点红的吧。"

父母两尊佛，
在我心中坐。
时时首孝悌，
恩重情意多！

作者简介：默思（黄旭琳），包头市妇联旗袍协会组委会成员，包头市最美书友会会员，最美摄影师。喜欢读书，摄影，旗袍，热爱生活。

无字的丰碑

——追忆天堂里的父亲

文/刘钰国

父亲当了一辈子木匠。

父亲祖籍河南清丰，八岁沦为孤儿，随其舅舅（我的老舅爷）颠沛流离逃荒到河北落地生根，想来已近百年。

老舅爷是个木匠，父亲便在老舅爷手下学徒。十几岁时，从熏木料、放线、拉锯，到开榫、凿卯、推刨、打钻，木匠的十八般武艺便样样精通了。父亲干了一辈子木匠活却没挣过一分钱，都是无偿地帮乡邻做事，受到方圆几十里乡亲们的广泛赞誉。

父亲没学过几何，但他仅凭一把直尺、一把拐尺、一个牛角墨斗就能把料下得分毫不差，几无浪费。都说木匠的斧子两面砍，可父亲一辈子从不用斧子，而是用更灵巧却更难掌握技巧的锛，大木料用大锛，小木料用小锛。他修砍筷子粗细的小楔子时，常常用光腿膝盖当垫木，却从未伤过膝盖，见者无不称奇。父亲做出的门窗、家具、车辆、农具，从不用钉子，全部是卯榫结合，严丝合缝。组合完成，刨子一推，卯榫处只见印痕不见缝隙，那是真正的工匠精神。做出的物件只要木质好，表面光滑照人、纹路清晰、圆润适手，用起来几十年不会变形走样。解放后曾做过的一架马车，到我当兵时（七六年）仍然在用。

父亲一生生活节俭------从不浪费一丝一米，喝酒一次不超一两，抽烟一次半根，从不给顾主找麻烦；辛劳------除去过节和生病，从未休息过，挑灯夜战是家常便饭。无论给公家干还是给私人干，也无论多长时间，全是免费的；宽厚待人-----宁可自己上当，决不让别人吃亏。父亲常挂在嘴边上的话是：吃亏是福。我就是给你们挣座金山也有用完的时候，不如留个好名声好人缘，这才是你们的立脚之本。

自五十年代末，木业合作社解散后，父亲就成了"志愿者"------百家用，帮百家。哪个生产队的车辆农具坏了、谁家盖房修屋需收拾梁檩、做门窗、谁家娶媳妇需做家具，不管认识不认识的，只要有需要，父亲带上家伙什就跟着走了。在本村还好，到了外村我们常常在冬天几个月见不到父亲一面，这家没干完后面已有几家排队等着了，你不知他在谁家干。那时没电话，家里若有事，需要一家一家往下捋着才能找到。尽管不收钱，但父亲干活却从不含糊，活不干到一个工序不吃饭，常常干到半夜。他常说在这家多干一天就耽误一天后边人家的事。

正因如此，我们一家人广受乡邻们的关照，从未感到过自己是外来户。在六、七十年代当兵最热门的年月，大哥和我先后被送到了部队。乡亲们对我们的好一直让我记忆犹新：我家曾盖过两次房子，因是大土坯垒墙，这是需众人卖力气的活。一般人家盖房要挨家去请人帮忙，而听到我家盖房，不仅本村人连外村人也赶来帮忙，可到吃饭时人却都跑光了。

还有一件事让我印象最深：在我刚上初中的七十年代初，公社的中学要盖房子，给了父亲120元钱到集会上去买梁檩，结果木料看好了钱却被小偷偷了。回到家，我第一次见到父亲唉声叹气默默地流眼泪。母亲和二哥说去跟校长说吧，父亲却不让，说要想办法赔偿。可那时队里一个工（十分）才值八分钱，父亲干活又从不收钱，家里连二十块钱也拿不出，到哪里去弄这么多钱呀？学校方面知道后决定免除赔偿，他们一致认为以父亲的为人决不会贪迷这些钱，被偷的责任不能让父亲承担。虽然这场风波落定，但善良的父亲却久久不能释怀，唯一做的就是更加辛劳地为学校建房、修理桌凳提供无偿的服务。

父亲没有文化，但他常常叮嘱我们：人不能只为自己活着，能帮人一点就帮一点，谁不用谁呀；人要大气，不能小心眼什么都计较，家和万事兴，人和就会万里通；要一辈子走正道，干正事，歪门邪道的事永远都不能沾边；人活着要宽厚实诚，多做点好事，死了也能上天堂……我想父亲这些话虽与他自幼多舛的命运和人生经历有关，但谁能说这不是最朴素的做人之道呢。

在父亲去世出殡时，几百人参与抬棺送葬，乡亲们执意抬着父亲的棺椁走了两公里多路，直到村口才在我们子女的一再叩谢下放到灵车上。乡亲们说，老爷子为我们大伙儿忙活了一辈子，一定要让他最后风风光光地再从大街上走一回。在乡亲们心中，父亲宽厚仁义的为人和无私劳碌的一生，已随着他的逝去定格为一座"无字的丰碑"。

父亲一生没有给我们留下多少物质财富，但他言传身教留给我们的做人、做事的良好家风家教，却是一笔无价的宝贵精神财富，象一盏指路明灯，照亮了我们后辈儿孙的人生之路。乡亲们眼中的这座"无字的丰碑"，将永远矗立在我们心中最圣洁的地方。

作者简介：刘钰国，网名胡杨树。中共党员，会计师，高级经济师，现任某房地产开发有限公司董事长，包头市最美书友会副会长。

渔 乐

文/蔡琳

晚餐时分，笃爱钓鱼的父亲说起了朋友的一只钓箱，眼睛里满是羡慕的神情，我赶紧打开网络，找出图片给父亲挑选。不多日快递到了家里，果然收纳方便，功能齐全，父亲高兴的收拾了渔具，相约第二天就去钓鱼。

早晨6点驱车赶到河北村，从村口到渔场，汽车在一段土路颠簸着前行。低矮的平房间，三两邻居们说笑着家长里短，几处小水沟前，孩子们提着小桶追逐嬉戏。清晨的渔场薄雾蒙蒙，春生叔叔4点已经撒下了一网。我和父亲还在吃早点，春生叔叔骑上摩托车，带着一条条刚从渔网剥离的鲜活美味赶早市去了。座落在东河以东的河北村，是父亲当年下乡的村庄，三年半的知青生涯，憨厚的春生叔叔成了他在村里的伙伴。光阴荏苒，知青们离开了辛勤耕耘的热土，只有乡村依旧，水土依旧。

清晨的阳光散发着温柔的暖意，阳光撒一把碎金铺满池塘，微风吹皱了池水，一阵阵湿润的气息扑面而来。打开钓箱，装好鱼竿，一根鱼线系着混合了玉米和豆香的饵料，在空中甩出一道银色的弧线，干脆地落入水中。父亲在水边坐定，恬然得讲起儿时的垂钓时光。要说钓鱼的师傅，便是父亲的父亲，那时爷俩常到树林中劳作，辛勤之余爷爷捡来长树枝，拴一根结实的线，烧红了细铁丝或是缝衣针弯个小钩，一套渔具就齐全了。鱼饵是随身携带的面团米粒，有时也是灰黑的莜面，开水一烫，散发出莜麦特有的清香。若是未曾准备，挖的蚯蚓，捕的蚂蚱，捉的蚰蜒，丰富的饵料垂手可得。各种模样的小鱼儿在清冽的溪水穿行，麦穗儿、白条儿、红眼儿、拐子…上钩的常常是黝黑斑驳的老头鱼和鲫瓜子。用柴火架起小锅，只洒点盐和随手撇来的青菜，沸腾的鱼汤便香气四溢。后来学有所成的父亲与同伴们独自垂钓，除了学着爷爷的样子制作渔具，还拔来公鸡或野鸭翅膀上最长的翎，削去羽毛染上颜色制成浮标，观察它在水中直立的姿态，揣测提竿一霎那的胜算。

青年时期，父亲响应知识青年上山下乡的号召来到河北村，繁重的体力劳动和艰苦的环境是那一代知青共同的记忆。耕耘时间自早而晚，暮色将近，临溪而渔是父亲最惬意的时光。当时公社按照出工情况计算工分，父亲出一个整工会挣到八分钱。积攒之余他用两毛钱买一根长竹竿，再花几分钱买鱼钩鱼线，鱼护用装过土豆的网兜，绕线轮是废弃的线轱辘，一副小马扎稳坐河边，精气神儿就随着鱼儿跃出水面。那段特殊的岁月，钓鱼不仅仅是父亲的爱好，也是不可或缺的精神陪伴。

如今父亲已到花甲之岁，垂钓的年纪也有五十多年，其间他曾多次代表单位参加了市里和区内外钓鱼大赛，以及爱好者举办的各种杯赛，也曾在单位钓鱼协会中任职数年。垂钓工具几经添置，不但精美，还展现出渔具的发展变迁。家里的一处阳台，专门用来收纳父亲的心爱之物。2002年父亲参加了内蒙古十运会竞技钓鱼项目，在全内蒙百强钓手排名中名列前茅，多年的爱好终于在中年时玩出了新高度。

　　跟随父亲垂钓的许多年，父亲也曾为我支好鱼竿，教给我垂钓的精妙，而我如同童话里的小猫，一会抓蝴蝶，一会逮蜻蜓，常常三心二意一无所获。一直弄不懂，钓鱼的人在河边安坐一天寥寥收获还乐此不疲是为什么。父亲说，那是因为喜欢啊！渔之乐，不为钓鱼，而是渔的过程，当垂钓成了你的爱好，那安静下来的时刻，钓具、钓饵、钓技，甚至水性、鱼性、气侯都会不断琢磨，时时调整，这欢愉的心情，并不只有鱼咬钩、提出水的一刻才是享受。

　　忽然明白，任何事情成了爱好，便有了乐趣，父亲享受渔之乐，一如我享受文字之乐。脑海中总有一幅美妙的画面，我在静谧的水边看书码字，一旁是专注垂钓的父亲，一个安静悠远，一个怡然自得。

　　作者简介：原名蔡琳，喜欢旅行、音乐、读书、写作、绘画，少年时期开始写作，现在银行工作。包头市最美书友会副秘书长。

孝行可以感染

文/浮生若茶

春节的时候去姥姥家拜年，临近离开的时候，姥姥突然把我拉到了跟前。从衣袋里拿出一只手帕，见屋里没有别人，就用那双满是老皮的手轻轻的地急速地打开手帕，还来不及等我看清那是什么宝贝，她就一把塞进了我的手中，然后满脸警惕的笑着。

我迷惑的张开手，那是一打钱。有一块的、两块的、也有一毛的、五毛的、还有十块的、五十的。我把它们给了姥姥，可是她依旧笑着，眼睛扫了一眼四周然后命令似的告诉我："拿着，别让他们看见了。"我随她的眼睛看了一下四周。事情僵持了不短的一段时间，直到妹妹进屋催我回家。

后来我才知道那些钱都是姥姥今年春节刚刚收的孩子们的礼钱，另外还有一些零花钱。再次去姥姥家时我忍不住问她原因。她说："不给你我给谁呀？我病了，瘫在床上，就你给我洗屎裤子……你上大学了，和你表哥，表姐不一样，你爱干净，可是你没嫌我老婆子脏，以后我把所有的钱都给你……"

听了这些话，我眼睛湿润了，我没想到小小的一件事情会让老人这样感动，或者说他们的要求是如此的低。为此，我特别感谢我的姨妈。因为这一切都是她教给我的：孝，是一种美德，似水，如歌，源远流长。

一个暑假探望姨妈，可是进门没见到人，我就四处寻找。终于在一间屋子我看见了她，也看见了触动心灵的一幕。说实话，我是闻着一股异味进到那间屋子里去的，屎臭屎臭的一种气味，令人作呕。我捏着鼻子，伸长脖子，轻轻的靠近。又听见了清脆的水声，我推门而至：一个中年女人，快速的在水盆里，捧起一捧水，然后轻轻的，轻轻的洒在一个干瘪的，身上满是大便的，目光呆滞的胴体身上。我不再迷惑，不再好奇，我亲眼所见：姨妈在给全身瘫痪的公公洗澡。

真理面前，谬论总是那样的渺小；美好面前，丑恶总是那样的不堪一击。突然间看见那些比姨妈高大的多的妯娌们在山底下仰着头看她在给一位老人洗身体，水流下，形成了瀑布，猛烈地冲击着山下的人，猛地一击，他们甩一下头，抹一把脸，然后又抬头欣赏。我这才知道，如果风景美了，心灵再丑恶的人也会忍不住观看，就像不屑孝顺的妯娌伸长脖子仰望姨妈的孝行。

姨妈的孝行，如小溪，就这样缓缓流过我的心田。或许当时心田好久没有浇灌了，也或许小溪的水太多了，总之溪水渗进了地的最底层，让一直荒芜的的沙漠冷不丁的长出一颗小小草。于是她是那样的显眼，那样的让姥姥惊讶。可是我知道，荒漠再荒，荒不过小草顽强的生命力，因此每一个沙漠都会有绿洲，每一片沙漠都将会变成茂密的森林。

水流过，滋润大地；孝行过，感染千人。

作者简介：张淑琴，网名浮生若茶。1987 年出生,祖籍山东，现居包头，戏剧影视文学专业（话剧方向）毕业。全职太太，兼职自由撰稿人，包头市最美书友会会员。

好学的二爹

文/新科

我曾经自诩，我是一个好学之人。然而，比之我的父辈，常常汗颜。

父亲是个读书人，上过私塾，从 18 岁开始教书。因为加入过"一贯道"等所谓"历史问题"，历次运动中饱受摧残，文革中死于非命，享年 42 岁。那年我 13 岁。除了生不逢时命运多舛以及由此带给我们作子女的一系列的灾难性后果之外，父亲的好学，以地道的汉语拼音、精湛的毛笔字作为标志性的光环，也深深地植入了我少年的记忆。父亲早年从口里出口外，带着二爹，一路上用树枝画地，教二爹识字。竟使得没进过一天学堂的二爹，学会了一千多个常用汉字，后来当了干部，成为包头广播电台和包头日报挂了号的通讯员。这一点在家族里被传为佳话。大家在感叹手足情深的同时，也颇为二爹的好学精神所折服。

笔者这里要细表的，恰是二爹的好学不辍。

二爹，赵玉清，1933 年生，小父亲三岁。小时候由于家贫上不起学，遂跟着父亲外出谋生。在父亲的拉引下，在突破识字关不久，从陕北徒步经榆林陕坝辗转来到固阳，一边种地,一边在油灯下苦学。机遇果然垂青了有准备的他,建国初期,县公安局招聘职员,二爹顺利入选。

入职后的二爹并未就此放弃学习。他又在父亲的帮助下学会了算盘。更感"雷人"的是,由于他以算盘熟、业务精见长,他被选调到县农业局经管站,且很快成为业务尖子,被任为站长。

之后的二爹,在学习上并未裹足不前。他精研业务,不仅注重调查研究,谙熟县情,对农业经济的相关数据了如指掌,还善于把握党和国家的大政方针,谙熟政策法规。以至于县长市长来调研,他常常陪同局领导汇报工作。也经常陪同领导下乡摸底查账。

身为站长兼通讯员的二爹在农业新闻的写作方面亦可谓行家里手。我从十几岁起,经常帮二爹誊写通讯稿。我惊讶地发现,二爹的文章短小精悍,要言不烦,用词精当,文笔洗炼。几乎从未退稿。他之所以让我誊写,虽然话中是让我帮助修改,其实根本不需要改,再说由于隔行我也改不了;其实质原因,是他自认为自己的字不太好认,怕给编辑带来不便。我的字也不够好,不过二爹的字的确难认,毕竟没念过书!为此我在誊写时常常大伤脑筋。但话又说回来,誊写也使我获益良多。

二爹平生没别的爱好,除了学习。单位的同事提起他来,有的佩服,有的不解。我也常常觉得他有点怪,但更多的是敬慕。就学习精神而言,自叹弗如,还有几分崇拜。

我常常去探望他。二爹身材略高,额头眉毛高耸,还是双眼皮呢!双眸有神,平静若水,间或有睿智的光波闪现,很有些仙风道骨的气度。他清廉自守,不喜奢华,家里陈设十分简单，最博眼球的家用电器，除了手电筒，大概就数一台袖珍收音机了。还有床头的一摞摞报纸，眼镜盒，以及一个几十年不退役的小闹钟。他几十年不变的学习习惯是，听广播、读报，尤其是剪报。剪报给他带来了系统的知识和无限的乐趣。这种看似笨拙，实则高明的做法，属实乃众多学人治学的方法之一，特别是在互联网到来之前。他的剪报内容宽泛，有政策法规，有医疗保健，还有小说和历史。比如有报纸连载过的《唐山大地震》全篇、《廉政风暴》全篇，等等。2006 年，听闻我的书屋开张了，他把一大箱剪报文集亲自抱来，说也许能共享于书友之间。

十几年前的一天，住在巴盟的表哥来了，二爹把我们几个弟兄叫到一块儿。只见他满头银发，表情凝重。席间回顾了过去，着重强调了两点：一是兄弟间亲戚间要团结互助；二是要好学上进。

由于长期用眼，过度疲劳，导致二爹的视力受损。六七年前，做了一次白内障手术，二爹高兴地逢人便说，"我又能读报了！"

随着年纪的增大，二爹听广播越来越吃力。二爹床头的收音机在人们的视线里悄然淡出，看电视时也不得不把声音开得老大，而自己却浑然不觉。

五年前，二妈的离世，使二爹转入养老院居住，报纸和老花镜等也乔迁到养老院里二爹的床头。有文字的陪伴，二爹似乎并不显得苦闷和寂寥。他依然延续着一成不变的老习惯，好学不倦，乐此不疲。

晚辈们聚在一块儿，在谈论二爹时也常常提到他的缺点——不修边幅，和不知道是不是缺点的从不讲究吃穿。背心秋衣反穿，袜子露出裤脚，衣领掖在胸口之类的笑话不一而足。兴许他在学习工作上太过专注了，乃至达到了心无旁骛、忘我痴迷的程度。

一次我去养老院看他，在养老院门口买了些桃子、香蕉。几天后听堂妹说，二爹吃了桃子连连说好吃。是平时没人管吃不上吗？非也。二爹的子女们都很孝敬他，养老院住的是高档房间——单人间，为的是读书看报安静。我多次看到二爹房间里牛奶总是有好几箱，还有不少鸡蛋，足见在吃喝方面并不短缺。再说他自己月薪三千多元，养老院门口就是超市，他终归是简朴惯了，还是无暇去买，或压根就没想起吃桃子这码事？我不得而知。

最让晚辈们大跌眼镜的事情是，去年的一天，83岁的二爹突然提出，要子女帮他搞一台复印机来，他要复印他的剪报资料！

原来，二爹虽然在生活上节俭，学习上花钱却毫不含糊。他自费订了好几种报纸，读报之余，总喜欢剪剪贴贴。近些年，年事已高的他决计要将多年来积累的剪报资料复印出来，与大家分享。他复印的有养生保健类的知识，有简便实用的偏方等。于是，不久便有两台复印机现身于养老院二爹的居所。随后的某一天，我接到二爹的电话，取回一份复印件，是16开的两大本。

读报剪报不仅极大地充实了二爹的精神生活，也给二爹换来了多方面的收获。譬如二爹能达观地面对死亡。他曾对儿女们说，如果哪天他心梗或脑梗了，不要救，全然不像人们常见常说的那种越老越怕死。当然，二爹能正确对待死亡，与他注重锻炼与养生并不矛盾。生活中注重养生注重锻炼，使二爹的身体非常健康。他也不是"两耳不闻窗外事"的那种呆学死读，他重视亲情，关注公益事业，关心后代的成长进步。

今年正月初二，我领着儿子去给二爹拜年，二爹又把近日的复印件订成三份，编了号，分赠我们每人三本。我们得知，他已复印了若干份，准备赠送亲友。

望着二爹那沧桑而慈祥的面容，拿着手里沉甸甸的健康顾问资料，我仿佛回到了四十多年以前。从二爹身上，从二爹的目光里，我恍惚看到我父亲的影子，我的眼眶湿润了……

"老而好学，如秉烛之明"。回家的路上，我在沉默着，我不由自主地掂量着袋子里这些资料的分量。

在互联网如此发达的今天，作为博士毕业的 80 后的儿子儿媳，特别是在医院里从事科研工作的儿媳，自然不会对资料本身的实用价值给予太多的认同。儿子说了句，"这些，收藏的价值纪念的意义更大。"我则从内心少以为然。情意深厚姑且不论，这里凝结了耄耋老人的心血汗水，蕴含着长辈对后代的寄托厚望与良苦用心……

我想，二爹对晚辈的最大期望是什么？首先是健康幸福，然而，我自知最能读懂二爹的，却是脑海里浮出的另外两个字——"好学"。他何尝不是以身体力行为我们和我们的子孙后代做表率呢。

作者简介：赵新科，1957 年生，从教三十多年已退休，固阳教育局副局长等职。包头市最美书友会副秘书长，包头市书法家协会会员。

"叔叔，能借您的手机给我爸爸妈妈打个电话吗？"

文/董达峰

年前，陪夫人去了趟云南旅游。到达昆明后，当地旅行社把来自全国各地游客拼成一个临时旅游团，我们团由 30 位游客组成，由一位导游带领乘坐一辆豪华大巴开始了"七彩云南"之旅。

为了便于管理，导游将大家分成三个小组，每组 10 人。我们夫妻俩所在的组有 4 个家庭，分别是来自福建的母女、北京的母女、来自四川的小女孩和爷爷、奶奶及姑姑是成员最多的家庭，小女孩约八、九岁。每天，大家在同一个宾馆住宿、同一张桌子吃饭、同一辆大巴出行、同一个景点留念，很快就熟悉得像一家人，彼此相互照应，对祖孙三代同行的旅友更是关爱有加。

记得头一天我们入住昆明，刚走进房间还没等放好行李就听见轻轻地敲门声，门外站着的是那个来自四川的小女孩。她怯怯地用压低的声音问："叔叔，我能借您的手机给爸爸妈妈打个电话吗？"

"可以。"

　　她接过手机，走到离我房间几步远的地方熟练的拨打了电话："爸爸，我和爷爷、奶奶、姑姑到云南来了，住在昆明特别特别漂亮的宾馆，明天开始还要到好多好多美丽的地方去玩，我们一定会很高兴，您和妈妈放心吧，不用惦记我们。如果您也能带妈妈来这里住几天该多好啊！"

　　通完电话，小女孩递过手机："谢谢叔叔阿姨！"扭头快步走离开了我们的房间，生怕我们看到什么似的。

　　我对夫人说："这孩子可能没出过远门，刚离开四川就想爸爸妈妈了。"

　　转天，一行人等经大理到达丽江。晚饭后，我们刚进入宾馆房间，就又传来敲门声，还是那位来自四川的小女孩："叔叔，我能借您的手机给爸爸妈妈打个电话吗？"

　　"可以！"

　　和上次一样，小女孩接过手机，走到离我房间几步远的地方她才拨打电话："爸爸，我和爷爷、奶奶、姑姑到丽江了，住的还是宾馆，漂亮极了，您不用担心我们。今天游览的是大理古城，那里也很美，记住一定要带妈妈来这里玩几天啊！"

　　打完电话，小女孩重复着昨天的那句话："谢谢叔叔阿姨！"

　　第三天的行程安排很满，登海拔 5000 多米的玉龙雪山，游览充满传奇故事的木府，晚上还观看了神韵无穷的印象丽江千古情大型歌舞。

　　回到宾馆已是很累了，刚坐下，又有人敲门，我走出房间看到，还是那个来自四川的小姑娘，她揉搓着自己的衣角，呐呐地说："叔叔，我还想借您手机给爸爸妈妈打个电话。"

"不用客气，进房间来打吧！"

接过手机，小女孩还是走到离我几步远的房间门口外拨打电话："爸爸，我和爷爷、奶奶、姑姑今天住的还是那个漂亮的宾馆，玩得也很好，您和妈妈不用担心我们。我已经长大了，会照顾自己的，也会替你们照顾好爷爷奶奶的。我一定听话，不给姑姑添乱的。爸爸记住哦，您一定一定要带妈妈来这里玩几天、住几天啊！"

说完，也不等对方说话就把手机还给我："谢谢叔叔阿姨！"

这次，我看到小女孩的眼里好像含着的泪。

关上房门，夫人说："这孩子真懂事，小小年纪出门在外就知道每天向父母报平安。可为嘛不用自家的手机拨打电话？是害怕浪费自己家的电话费？还是怕爷爷、奶奶和姑姑听到给父母打电话不高兴？"

睡前，好奇心驱使我查看小女孩给她爸爸拨打的电话号码，结果发现手机上并无陌生号码的拨打记录。这个看似稚气未脱的小女孩还真有心计？是不愿爸爸的电话号码泄露给陌生人，所以每次通话后都马上删除。要不就是内心还潜藏着什么自己秘密，是什么呢？百思不得其解，这一夜连做梦都在寻找答案。

第四天早餐时，我跟邻桌的小女孩爷爷顺口说了句："大爷，您家小孙女太懂事了，每天晚上都打个电话向爸爸妈妈报个平安。"

谁知，小女孩的爷爷听后怔了一下，说了句："娃儿心重，给你们添麻烦了？"

"没，没，没，没有！"

没等我再说，爷孙俩就离开了餐厅。

这一天，大家从丽江返回昆明，途中游洱海、看海鸥，下午游石林，一路无话。

晚上，下榻在昆明一家很不错酒店。我想小女孩一定会来借电话给她爸爸妈妈报平安，可很晚小女孩也没来。我心里仿佛缺少点什么，又有点内疚得像是做错了事，是因为我说了不该说的话，伤了小女孩的心。

临睡前，我走出房间，有意无意的在小女孩她们住的房门口徘徊了几趟。想也许她会出来，如有可能我定会向她道歉，不该把她的秘密无意间告诉了爷爷，但始终没得到机会。

转天，很早我就去餐厅等小女孩和她爷爷，想解释些什么，也可以说是想了解点什么，然直到导游来催着上车启程，小女孩一家也没出现。

我急问导游，得到的回答：她们一家人乘坐的是上午的航班，现在已经在去往机场的路上。并说：小女孩的爸爸、妈妈都是四川汶川某中学的教师，5.12 地震时双双遇难，当时她才两岁多，同爷爷奶奶住在成都才躲过一难。她爸爸妈妈遇难前一个月预订了 2008 年 5 月 15 号去云南的机票，准备带女儿旅游，不成想从此天各一方。

听到这里，我的心崩溃了。如刀割，腿开始发抖，极力控制自己的情绪，用双手捂住了脸，可还是捂不住眼泪。这天我一句话也不想说，感觉很累。

直至旅行结束，我和夫人再无心观赏沿途的风景。

我们的航班是 20 点 50，在返回天津的飞机上，我半梦半醒中又听到小女孩的声音："叔叔，我能借您的手机给爸爸妈妈打个电话吗？"

"可以！可以！！"

这一刻，我心如刀割的疼，两腿发抖，感觉很累很累，连说话的力气都没有，只有眼里的泪——

作者简介：董达峰，1967 年生，河北巨鹿人，客居天津 31 年。河北省作协会员，天津文博学会专业委员会员，中国年历片收藏协会副会长兼秘书长，天津《未来》作家编辑部主编，包头市最美书友会顾问，著名收藏家。

火 炉

文/曹艳

人世沧桑，白驹过隙，心随落花漂浮不定，但在不经意间，总被某物牵引思绪，想起种种过往，才知心底的那份亲情从未冷。

去年下乡送春联，在村子里看到久违的火炉，勾起我些许回忆，在我小的时候，家住平房，每年冬季要用火炉取暖，火炉虽小却足以保一家人的温暖。那时候经济匮乏，零食少的可怜，一次弟弟诡笑着说有一种吃水果糖的新方法，于是我们把珍藏的水果糖拿出来，他把糖纸小心的剥开，连同糖纸一起放到炉盘上，拿一根筷子摁着，待糖慢慢的熔化，糖挣扎着冒着青烟，逐渐变成褐色，空气里弥漫着蔗糖的芳香，这香气沁人心脾，令人垂涎欲滴。看那蔗糖沾到筷子上，弟弟的眼睛开始放光了说："姐这样更好吃"，说着举起筷子伸出舌头，太烫了，没舔上，弟弟使劲地咽了口水，迅速的吹了吹，再舔，晃了一下小脑袋，哑哑嘴，一副极美的样子，然后把筷子举到我面前，我学着他的样子象征性的舔了一下，好甜，香香滑滑的。弟弟的眼睛一直紧盯着，等我舔完他边吹边翻转着糖，在边缘上咬了一小口，然后又举到我嘴边，几个来回后，我说不吃了，你吃吧，弟弟像是得了特赦令，谨慎的歪着小脑袋享受着美味，我转过身，悄悄地吞咽口水，深深地吸了口气，心里好甜好甜。

阳光透过窗棂洒在弟弟肩上，旁边火炉正旺，当时的情景极为平常，可是今天回想起来，我的心暖暖的，这就是亲情吧！生活把点点滴滴的小事汇成河，滋润着亲人的心，让我们的心不曾干枯，把我们的心拉得很近很近，彼此依偎，相挽前行。

每年的冬天火炉不仅给予我们温暖，更有深深的爱意。冬天的早晨从温暖的被窝里爬出来实在是件残忍的事情，那时父亲总是比我们起的早，当火炉隆隆作响时父亲便站在墙边双手拿着棉衣抱着炉筒，先烤棉袄，烤的非常仔细，前襟、后背、衣袖逐一烤热，怕凉棉衣冰着他心爱的宝贝，等烤热了我们穿上棉袄围着被子坐等父亲烤棉裤。为了让我们尽快精神起来，父亲在烤棉衣的时候要么唱歌，要么讲故事笑话，那时父亲最爱唱《冰山上的来客》、《送战友》之类的歌曲，父亲的歌声非常有磁性婉转动人，唱功极好，我们的唱功可是遗传了父亲的哦！父亲讲笑话也特别可爱，还没讲完自己到先笑得前仰后合，逗的我们精神百倍，等我们穿好棉裤父亲又在给我们烤鞋垫，当我们暖暖的穿戴好洗漱完，母亲的早点已经端上桌……不管冬日有多么的寒冷，我们有父母、有爱，心里总是暖暖的。年年岁岁冬日里父亲站在墙边双手抱着炉筒烤棉衣的画面永远定格在我的脑海里。

古人自燧氏钻木取火到火镰燃纸引火……火的出现和发展，给人类的生活文明带来质的飞跃。火炉取暖是北方冬季平房饮食起居的重要依托，虽然现在城里人都搬进了楼房，火炉离我们的生活已越来越远，但火炉及那跳动的火苗留下的温馨记忆，也熔进了暖暖的亲情，纵然远隔千山万水，纵然时间久远也不会淡忘。亲情就是"马上相逢无纸笔，凭君传语报平安"的嘱咐，一声爸妈的呼唤，一声贴心的问候胜得过锦衣玉帛，而身前陪伴更胜金银满屋。不是吗？母亲是"临行密密缝，意恐迟迟归"的牵挂，是"来日倚窗前，寒梅著花来"的思念，世间最无私的，最博大的，无过于亲情。

我慢慢长大了，虽然儿时的许多记忆已经凋零，但是那冒着火苗的炉子依然让我温暖。因为，那是我孩童时的甜蜜，那是我少年的梦想，那是我……火炉，我心中的火炉，跳动的火苗，梦幻的炙烤，温暖我心，离家更近、更亲……

作者简介：曹艳，包头市最美书友会副秘书长，包头书法家协会会员，现任包头诗词学会《包头诗词》编辑、常务理事；中华诗词学会会员；内蒙古诗词学会常务理事。

追 忆

文/刘丽文

　　每当听到"筷子兄弟"深情演唱《父亲》里"总是向你索取，却从不谢谢你，长大以后才懂得你真的不容易，每次离开你都装作轻松的样子，微笑着说回去吧，转身泪湿眼底，多想牵你温暖手掌，可是你已不在我身旁，托清风带去安康…"的时候，我总是不由想起我逝去的父亲！父亲离开我们已经有整整十二年了，但是他慈祥的面容、微驼的背影永远留在我的记忆里……

　　父爱如山。每个父亲在子女面前都是高大、威严、慈爱的。我的父亲也是普通的不善言谈的好爸爸。小时候，父亲对我们兄妹三人管的不算太严，但是我还是很惧怕父亲的。在家里我是老小，又只有我一个女孩，父亲很疼爱我，好吃的好玩的总是先给我。

　　上小学时候，关系好点的同学有时在对方家居住。我好羡慕，可是父亲从来不让我到别人家居住，当时我很不理解。等长大后渐渐明白了父亲的责任心，是父亲的言传身教让我养成严谨的生活习惯。记得上高中了，一次，我们同班四个女生晚上去看一场电影，当时和父亲请假，他爽快同意了。我们高兴的去看了，看完是晚上九点多，当我们一出电影院门口时，忽然发现父亲默默的站在那里等候我们，我看到后还很不高兴，那时不理解父亲！

后来我成为人母，但在父亲眼里我永远是孩子！在他去世前一年还有过这样的事。一次，我们准备到青山区给亲戚去随礼，父亲他们先去的，因为有晚宴，我和嫂子准备逛完街再过去。女人们逛街，时间观就淡忘了，我们逛累了才往青山区赶。由于是冬天下午下班高峰，堵车严重，等我们到青山区的时候已经是路灯初上。我们到了站牌下车时，父亲依稀微弯的身躯又一次让我看到，当时我悄消落泪了。我都这么大了，还让老父亲操心，爸爸真让你费心了！从一个小小侧面，体会到的还是父亲的责任心。

2003年腊月二十，父亲被突然诊断为直肠癌，全家人震惊了，都有点不知所措。听一位叔叔介绍说，北京304医院能根治，叔叔就是在那里做的手术，做的很好，于是家人匆匆决定腊月二十六就行动去北京，准备尽快给父亲手术治疗。陪同父亲去的有母亲，二哥和我，医院给定下腊月二十九手术，那年的二十九就是除夕。那天，父亲于早晨8点上了手术台，下午三点多出手术室。父亲出来后身体上插着八根管子，不能进食，不能喝水，每天仅靠输液维持体能。可以想象倍受病痛折磨的父亲，承受着多么大的煎熬，但他硬忍着，一声不吭。

我在医院陪了10多天后，因为要上班，大哥替换了我陪床。我回来后，每天等着父亲好起的消息，一天、两天……二十多天过去了，还是没有好转的消息。2004年的二月二那天，父亲出院要回来了，我急切赶到火车站，当时看到父亲是用担架抬下火车，我的心更沉重了！

回来后全家人悉心照顾，最终也没有挽留住父亲。在闰二月的初二晚上九点多，父亲悄然离开了我们！一夜之间阴阳两隔，我最慈爱的父亲就这样连发病到去世不到三个月。自从父亲去世后我想了很多，也想清楚了很多。世界上最不能等的是什么了？是孝心！我亲眼目睹生命的脆弱，人走如灯灭，瞬间指上灰！每个人需爱惜身体，珍惜所拥有的一切，有时间多陪陪老人。让老人在有生之年生活的更开心，更健康。

今天是二月初二，又到父亲的祭日，我又一次拿起不经常拿起的笔，再次追忆父亲，希望父亲在天之灵能感觉到女儿对你的怀念！

作者简介：刘丽文，笔名荔雯，1969年1月出生，包头固阳人。包头市最美书友会会员。喜欢读书、听歌、旅游、摄影、写作。

无声的世界

文/师雁平

生活中的一切美好事物，对于我——已经七十二岁的老头子来说，愈发显得美好而珍贵。一向都在老伴面前炫耀身体健康的我，于今年六月，如晴天霹雳一般，我的两耳突然失聪。这突如其来的变动，让我有些接受不了。

失聪前的那个晚上，我还照常看着电视，听得见电视里的说话声，音乐声，听得见老伴絮絮叨叨的嘀咕声，一切都还是那样正常。那一晚，我也是正常点入睡，睡梦中也丝毫没有任何异常发生。那一夜，我睡得很香，可不知为什么，第二天一早醒来，周围的一切是那样寂静，从来没有过的寂静让我有些害怕。我使劲敲着桌子，竟然没有任何声响传入我的耳朵。我大声喊老伴，只见老伴从那屋走进来，干张嘴却听不见任何声音。瞬时，我明白了，我是彻底听不见了。我瘫软在床上，不知如何是好。我无法接受，刚过七十，在老年人堆里我还不算太老，今后的日子应该还长，我该怎么办？

我在医院里办理了住院手续，医生告诉我，慢慢输液，静静等待，等待奇迹的发生。虽然，他们什么也没说，但是我的心里隐约感觉到，治疗好的可能性不是很大。二十年前，我得过美尼尔综合症（是一种特发性内耳疾病），听力一度下降，能坚持到现在，可能也算是幸运。话虽如此，我还是希望能回到过去。就这样，我静静地躺在医院里，耐心等待。

在治疗期间的两个疗程中，我努力去听，企图能听到些什么。曾经最反感吵吵闹闹的我，现在竟然是那样期盼声音的存在。我是一个从年轻时期就喜欢独处，喜欢安静的人，可现在，我却是对静有着一种从未有过的恐怖。这些天来，单调的生活伴随着我，看不成电视，听不见音乐，无法与人交谈。从早到晚，我的世界静得让我可怕。

爱和我拌嘴的老伴，现在也略显无聊，她和我说话，也总像是在自言自语，因为总得不到对方的回复。女儿们也急成一团，想着各种办法：大女儿买来了助听器，二女儿买来各类水果，小女儿还把海伦凯勒的文章——《假如给我三天光明》，拿来让我看……我知道，他们是怕我对自己的治疗失去信心，想让我坚强面对，直至恢复。

两个疗程结束后，我的听力略有所恢复。别人说话声音大一点，语速慢一些，偶尔再加上手势，我基本上也能与人交流一点。不过，时不时的耳鸣，也让我很闹心。像我这个年龄的人，多多少少还是相信迷信说法的。别人总说，逢九年当中，七十二岁是一个坎，过去了，今后的身体基本上会无大碍。可我正好在这一年，经历了从有声到无声的巨大转变，无声的世界里更增添了寂寞的味道，这让我这个老头子有些茫不知所措。现在我更加珍惜我的双眼，双腿……好在我还有它们陪着我。

我期待着上天肯赏赐我一些声音，哪怕是极微弱的声音。

作者简介：师雁平，小学高级教师，钢四小年级组组长，昆区十佳德育标兵，昆区语文教学能手，市级语文学科带头人，三八红旗手，于 2013 年初出版文集《且行且思》。包头市最美书友会理事。

茶人茶语

文/胡艾丽

生活不止眼前的苟且，还有诗和远方的田野。你赤手空拳来到人世间，为寻找那片海不顾一切……听着许巍的新歌，安静的写下一篇茶语。

老前辈说：茶经营有三种，一种卖茶，一种卖商品，一种卖文化。把心思放哪，做法不同，效果自也不同！我坐在藤椅上静思了三刻，傻傻的笑，我会用心思吗，哈哈！我是如男儿般豪迈一喝就多，半商半农不会算计，懒惰之极不出门不洗脸的胡艾丽。因为做不了别人而安分知足的做着自己，无法效仿而不去效仿，无法优越而不去优越，自自然然的开门迎客，开开心心的泡茶聊天，随心所欲到一杯清茶都充满着情趣，因为心的自由！

与茶之缘始于家中长辈的茉莉花茶，与爱人诗坚之缘始于推门之间我买茶他卖茶，与茶人茶语之缘始于"一方清净地，煮茶待客来"。林林总总之中的归属于茶，亦于情。一片树叶是有情的，一盏茶汤中有主客对对方的尊崇、喜悦、期盼，一盏薄薄的茶汤彼此的手中传递，也把我们之间的情谊渐渐沉淀，慢慢的你走进了我的心里。也许我不会经常看到你，也许我们很久一个电话一个信息，可我每端起一盏茶，低嗅茗香的时候，想到你，嘴角弯弯，便轻道一声，认识你真好！

小小一间茶舍，小小一段人间，我始终在这等着你即兴的到来，内心的兴高采烈像茶盏中溢满的茶汤一般！我们始终无法满足所有人的希望，也所谓"人无完人"。我们眼前之人千千万万，我们身后之人也万万千千，烦恼皆是自寻而来。心思放在众生之上满足于他人，渐渐失去自我，片余之下，生活是满的，心却是空的，烦恼一点点多了起来。而懂茶爱茶之人又似乎在世俗中更幸运一些，茶，不仅是一片调剂水味的饮品，不仅是招客待客的礼仪，不仅是才子佳人的情感寄托，所谓一盏清茶以提味道！

茶，知茶，知茶性，才知人生。茶不仅是湖水的涟漪波光，更是大海的包容，淡定，荣辱不惊，是面对生活苦楚无奈的眉眼已堆满笑意。淡淡的茶味适口为珍，绿茶的鲜爽，红茶的醇香，青茶的高傲，黑茶的厚重，黄茶的温婉，而我独独爱上白茶的自然。我在寻觅我的心头好，白茶，也坦然地等待着他的归宿，不争、不抢、不傲、不平凡，静静地，静静地做着自己。

始终认真对待手中的每一款茶，茶也有生命，茶也有细腻而柔美的情感。茶说：茶的好，并不是谁都懂;茶的美，也不是谁都能欣赏。喜欢茶，是一种性情所至，因为喜欢，所以变得平常！

作者简介：胡艾丽，茶人。和爱人共同经营着一间茶行。包头市最美书友会副秘书长。

在水一方

文/元元

　　我又梦见了那座小城，梦见了小时候的家，还有那条旖旎曲折的上学山路。梦境是那么清晰，醒来后怅然若失。我听说过一个词叫魂牵梦萦，大概是老了，所以我开始怀旧。一遍遍的在记忆中描摹那些美好纯净的时光，那座在水一方的小城……

　　我小时候住的那座小城，因为夏天常发洪水，于是便有了一个很大的河槽。小时候满是石头、沙土、野草、垃圾的大河槽，对于我们小孩子来说，简直就是个大型游乐场。平时不发洪水的时候，河槽里面总是有两三条小溪潺潺流过。我们便赤着脚，趟着那溪水逆流而上，任凭水流像手一样温柔的抚摸过我们的脚。玩够了便找一块离岸最近的大石头蹦上去，把手中提的鞋扔到一旁的沙土里，在大石头上边蹦边喊，"太阳太阳给我晒，我给你家切韭菜……"。如此数遍我们的小脚丫便真的干了，穿上被太阳晒得温热的鞋子，回顾大石头上两团小小的湿印，再乐陶陶的踏着大石块爬上防洪的铁丝网，俯视着被太阳照成金色的小溪。心中便爱极了这地方、这感觉，小小的心中快意莫名，现在我会形容了，那种心境叫悠然自得。

我还记得在清凉的小溪里我们洗手帕，学大人洗衣服，还悄悄把它捧在手中喝几口。有时赤着脚顺流而下，去踩碎河中点点的阳光。有时在小溪边上修建小水坝和自以为了不起的沙堡，里面住着我幻想中的公主、王子。有时在溪边临水而居，玩过家家、开酒店的游戏，不一而足。这时，偶尔抬起头来会看到不远处那座燃烧的矸石山和高高的井架，我就觉得我生活在一个神奇的地方。

冬天的时候，小溪冻了满河的银白。我们在上面滑冰车打雪仗，还在偶尔开裂的地方采冰柱吃。吃饱了之后，在裂缝边上采来一片片薄冰，发挥我们丰富的想象力，把它想成是贵妇人头上价值连城的凤钗。美丽神奇的水晶球，可爱的小动物等等。累了便把耳朵趴在裂缝边上，听着冰下叮叮咚咚的声音，我便知道春天快来了。不久，我们又能在小河里踩太阳，在大石头上晒太阳了。

现在我已经离开了小城很久了，小城在一定意义上也永远的消失了。可是我怎么也忘不了在水一方有我的小城，有洒满金色阳光的小溪，有我快乐悠然的童年。每当我遇到困难的时候，每当我伤心痛苦的时候，我就会怀念那座小城，怀念那里厚厚的人情，怀念生活在那里的人们，怀念我的怀念。然后，我的心就会像被河槽的小溪温柔流过一样，舒服了，熨贴了。

我知道，那是我的小城，也是许多人心中的小城。

作者简介：元元，包头美协会员，内蒙诗书画研究会会员，包头市最美书友会理事。

香香被窝香

文/郭丽

母亲是个干净到极致的女人，她收拾的家，一尘不染，窗明几净。都说讲究的女人看厨房，母亲的厨房连一个油点点都看不见，似乎从来不做一顿饭。我常自叹不如，也不知什么样的环境成就了如此勤劳质朴的母亲。

我从小就有个习惯，喜欢把母亲洗过的被窝捂到鼻子上，闻那种残留在被子上肥皂的清香。我知道那种味道是母亲独有的味道，它成了我青涩童年记忆中最美好的依恋。

那时的被子没有被罩，都是被单和杖好的棉被缝补在一起。拆洗被窝也算是一项大的家务工程，一般过年前都得拆洗一次。春天也得洗一两次，秋天雨水收净时再洗一两次，最难忘的还是夏日里和母亲拆洗被窝的情景。

夏日的午后，正是阳光最充足的时分。院子里搭的凉棚下有母亲勤劳的身影，母亲一边拆线，一边指挥我往洗衣盆里盛水。我往往不会专心致志的去完成一件看似枯燥的事情，总是一边玩一边干。可是母亲干活特别娴熟，手脚也快，我还没有把一大盆水盛满，她就已经把被褥拆了线拿到院子里铺的油布上。回头再帮我把水盛满，双臂用力将一大盆水端到院子里，之后在盆里的搓衣板上一下一下搓洗被单。那时家家户户洗衣都用一种红卫牌肥皂，过不了一会儿，在母亲的不断搓洗下盆里就浮满肥皂泡。淘气的我一边玩儿水一边拿着小管管吹泡泡，我嬉笑着，追逐着。母亲看着我的样子，嘴角上扬，空中漂浮的泡泡是我童年五彩斑斓的梦幻，而我的快乐就是母亲最满足的幸福。

母亲将清洗后的被单挂在院里的铁丝上晾晒，充足的太阳光很快会把被单晒干的。当母亲把被单统统拿回屋里的时候，满屋子飘散着肥皂的香气。那是一种真实的烟火的气息，一种干净的没有一丝杂念的气息，母亲在这种清香中体会着生活简简单单的快乐滋味。

下午母亲去上班，往往到了傍晚才会留出时间把洗好的被单缝到棉被上。灯光下母亲娴熟认真的缝着被褥，线从这头进去，从那头出来，一针一线，缝缝补补中母亲用勤劳的双手编织着生活的美好。当被子缝好后，我们迫不及待的钻进被窝，这种独有的香香被窝香伴着我们不一会儿就进入甜美梦乡。

十九岁我离开父母，到小镇工作，开始了自己动手，丰衣足食的生活。我们有四栋单身宿舍楼，两栋男的，两栋女的。男宿舍和女宿舍的区别显而易见，男宿舍楼外光突突，一根六七米长的铁丝上什么都不挂。而女宿舍楼外，到处挂着洗干净的衣服和被褥，那些邋遢的男同事总把沾满油污的工作服和床单被罩拿来让我们清洗。就这样，不知有多少对姻缘就是在这一来一往的洗和送的过程中促就而成的。

后来我结婚成家，也许是从小受母亲的影响吧，也喜欢干净整洁。我每每把床单被罩从洗衣机里取出的时候，都要先用鼻子闻闻它的味道，那种弥足珍贵的家的味道。

时光清浅，岁月之河缓缓流淌，每个年龄段都有着对生活的不同的感悟。原来年龄越大，越能品味出生活的本真就是反反复复，琐琐碎碎。生活的滋味就是这香香被窝香一般浅淡，清雅。我要让这种气息冲淡我们看似繁重的生活压力，回归到内心最初的宁静祥和中。

作者简介：郭丽，1975 年出生。包头市最美书友会理事。19 岁参加工作，现为达旗电厂的一名职工。

回　味

文/冯静

春天的花开秋天的风以及冬天的落阳，忧郁的青春年少的我，曾经无知的这么想——

--光阴的故事--

春天的风很冷，天空很蓝。北方的暖气的温度让人心花怒放。周末，听一首歌，看一本书，喝一杯茶，尽管春风还是略有寒意，但一首老曲还是动人心弦。似乎好久好久没有这么悠闲的享受过这样恬静的诗意了吧。我不禁愕然，是啊，进入中年之后，总是觉得自己忙忙碌碌，追逐奔跑竞争，然而却一个不小心跑的太快，把自己的心落在了半路。

面朝大海，春暖花开。我们的生活平淡多过波澜，无法时时处处地去刻意寻找这一分浪漫。于是渐渐地习惯了在这波澜不兴的日子里用心去储存点点滴滴的回味，小小的心脏偶尔也有满满溢出的感动。又想起青春读书的时光，早晨急急忙忙，每天一直追随老师的目光声音，很怕拉下一丁点关于考试的内容，无尽的复习，无尽的资料，终于惶惶恐恐毕业。刚开始参加工作兴奋的欣喜若狂，积极主动参加一切活动，读诗、唱歌、座谈、朗诵，这样的味道烙印在了记忆里，到现在还忘不了。尽管那时也曾有过抱怨，有过失落，有过惶恐。但是我依旧觉得那时的日子很让人充实，看见自己一点一滴成长，一步一步地接触到校园外面的世界，陡然有一种豁然开朗的舒畅。

春天来了，有时候回忆过去，都会生发出淡淡的唏嘘。人类都是念旧的生物，时间过得很快，那时候的云淡风轻，那时候的嬉笑吵闹，那时候的音容笑貌。在现在、在未来的我们眼中，都会是怎样的一段浅浅的浪漫时光？我们是不是还会记起这样一个阳光灿烂的午后，有洁白的云彩飘过了我们的心呢？回味往昔，那些大口吃肉，大声谈笑，大嗓门唱歌，曾经的那样肆意、那样潇洒、那样美好如今让人心碎的日子，是否会再重现呢？岁月走远，现如今生活节奏紧凑，应接不暇的事务让我们连喘息的时间都不能有，所有曾清纯的日子，终究也被岁月沉淀成一生中最美的回忆。

回味让往昔的日子重现，岁月虽然平淡，却回味悠长。其实想一想也豁然，真正的拥有诗意的生活，不在于岁月的流逝，不在于你拥有多么丰富的情感，而在于你内心的丰富。朋友，有时间听一首老歌，看一个老电影，朗读一首诗，让你的生活在回味中拥有更多的快乐吧！

作者简介：冯静，网名知心静姐。笔名涵秋。包头市最美书友会理事。毕业于包头师范学院中文系，汉语言专业。自由撰稿人。

只要活着

文/土豆

人一生中，注定有些事深深烙印在你心灵的谷底，有些场景是你永远挥之不去的记忆……

记得那是个世界上最冰冷的日子，我的心也在那天几近凝结。父亲静静地躺在那儿，到另一个不知冷暖的世界里去了。我抱着他，亲吻着他冰冷的面容，才突然明白他说过的一句话：只要活着，所有的问题都不是事。那一刻，我禁不住泪落如雨。

父亲参加过朝鲜战争，经历过战争的人更深的体会过生命的脆弱和宝贵。他见过太多前一刻亲如兄弟的战友，下一刻就猝然离开。经历了太多生死，那种融入血液里的铁骨铮铮，那种刻进生命里的坚强伴他走过了一生。

基因是强大的，我从他那里秉承了一切，有过之而无不及。年少时，冲动好斗，玩劣异常。到处惹是生非的我自然会经常遭到一顿饱打。父亲是军人，下手重，但他打我时，我都是攥着拳头，梗着脖子，一副视死如归的样子跟他对峙。渐渐长大些后，终于在一次激烈的冲突后，我发现他竟躲到屋外流泪。那一刻，我开始有了些许的不安和忏悔。

后来，长大了，自己也开始做事。在经历了一系列世事沧桑，人情冷暖，饱受心灵煎熬的一段时间，他读出了我的失意与沮丧。那晚，我们父子俩就着一碟花生米，一碟咸菜，喝光了一壶老酒。他给我讲他一个个死去的战友，讲炮弹在他身边呼啸时的恐惧，讲冰天雪地里年轻的他如何害怕失去生命，辜负了故乡里望眼欲穿等他的母亲。最后他轻轻地说：钱财呀，名利呀，都是身外之物。有命在，啥都不是事儿。

父亲虽内心刚硬，但心底善良。侠骨柔肠，剑胆琴心用在他身上恰如其分。只要是在他生命中给过他一丝光亮的人，他都感恩于心，涌泉相报。对弱小，他既同情又帮助，只要是他过去的战友找上来，他都是两肋插刀，责无旁贷。

特别在他最后的日子里，他对我竟是有意的冷淡和疏离。后来与亲友交流才明白，他是怕我们这些他最爱的人，在他离开后过度伤心。他才克制着自己的情感，为的是让我们快些从悲伤中走出来。

此后经年，多少次午夜梦回，总感到父亲就在不远处凝望我。而我也在真正成人后才豁然明白，他那种能超越个人情感的大爱情怀，真正体会到如山的父爱。

作者简介：任俊，绰号土豆。世界旅行家，著名摄影家，美食家，赛车手，建筑工程师。包头市最美书友会副会长。摄影作品及旅行游记见全国及世界各大地理旅行杂志。

夏日午后

文/无痕

不知道在那个炎热夏日的午后，坐在葡萄架下边吃葡萄，一边还时不时用小棍儿碰一碰月季花蕊中，金龟子的浅色头发大眼睛的小女孩，怎么不午睡呢？

上午捉蜻蜓时摔倒在泥水里，那条妈妈买的已经穿褪了色的小红裙子，姥姥三两下就洗好了，现在挂在窗檐下的铁丝线上快晾干了吧？

绿盈盈的葡萄叶上的毛毛虫也是绿色的。想到姥爷不久前从哥哥耳朵里弄出条灰灰的虫子，我的小牙一紧，缩着肩膀打了个激灵。

姥姥家葡萄架上熟了的葡萄一串串挂在藤上，可是即使搬了那个姥爷平时乘凉坐的最大的竹椅踮起脚，也够不到那串又大又红的。

姥姥说每一这么吃，牙齿会掉光的。试着摇了摇，有的果真在动了，心里好害怕。

附近住着个面色黑黑的爷爷，总是瞪圆了眼睛说话，笑的时候有颗牙是黑的！

邻居姐姐家的葡萄又大又好吃，还有玫瑰味的。邻居姐姐几天前请我当侦探，让我帮忙看看为什么姐姐家葡萄架低处的葡萄不见了？还送了一套漂亮的名信片作为奖励，因为自从我当了侦探，葡萄就再没丢过。

一只边上磕坏了的小瓷碗里扣着姥姥叫做"唧鸟"的东西，棕色的壳，是姥姥昨天傍晚在树腰上捡到的。姥姥说它会象孙悟空一样变化，今天会变出翅膀飞到树梢去！可是我偷偷掀开小缝看了好几遍，它好像不动了，是不是它知道我偷看生气了？

中午大人们总是要睡觉，连盒子里的小蜗牛也不动了，大姨说小蜗牛走路跟我们不一样，它走过的地方会拖出一条湿湿的痕迹，大姨说的是真的！

姥姥家有各种颜色的线呢！给每只蜻蜓尾巴上系线可真费事啊！等系完了，我的小裙子也干了，姥姥帮我穿上，就可以到二楼的太阳台放蜻蜓了。

这些蜻蜓可漂亮呢！有黄的，红的，还有个头很大的大青仔儿。它们使劲飞就是挣不脱我紧紧抓着的线。

它们力气太小了，要是能象电视里的气球一样把人带到天空，我就可以偷偷飞到姥爷上班的地方找他了！

姥爷什么时候才下班呀！他说还会带我去长河边钓小鱼，长河边上还有黑翅膀的蜻蜓呢！

姥爷还把大汽车的轮胎卸了下来，放在长河里让我坐上去，只要用手使劲划，就可以在水里划船了。就是轮胎太大了，我使劲抱着胎圈生怕掉下去。上面还拴了绳子，每次划远了，姥爷都会把我拉回来。

听，姥爷自行车的铃声响了，我要去找我的小鱼钩了！

作者简介：无痕，原名白蓉。1976 年生，包头市回民中学教师。包头市最美书友会会员。

山村旋律

文/郭文达

五月忙天，我又一次回到故乡陕南的土地上，山村四周群山环绕，重叠的山峦，郁郁葱葱的草木尽收眼底。

田间黄灿灿的冬小麦向人们展示着它的成果。沉甸甸的麦穗儿在南风中悠悠摇荡，一层推一层的轻轻摇曳，不远处的大路小路上车轮碌碌。山里人皆是种庄稼的行家把式，什么小麦喜旱，他们就种向阳的地；什么小麦喜涝，他们就种背阴的地，什么小麦个子高，他们就种平地，什么麦子个子矮，他们就种山地，只有这样的种植才可以高产。

山村里的老夫子还常对年轻人讲："国无粮则乱，无纲则危，无力（军）则弱，无革则滞……"端午时节，也是阵雨多发季节。山里人知道"五月份是龙口夺食"的月份。哪一块地的麦子黄了，就先收割哪一块地。这时，山里人会动员全家老少齐上阵，来到田间地头，挥舞着镰刀，附身在金色的波浪里，奋勇不息地向麦海深处突进，很少直起腰来。一大片小麦，一个早上就会收割完毕。当天气不错时，他们会把割好的小麦的一铺一铺的摊开，让火红的太阳晒上一天。如果在近一两天预报没雨，他们就不去理会割完的麦子。这个时节的天气人们容易犯困。如果家里劳力充足，他们在中午都会稍微休息片刻。这个时刻，倘若从山那边悄悄飘来一团乌云，伴随着"轰隆隆"一阵惊雷声，山里人会突然从睡梦中惊醒。一骨碌从床上翻起来，背着背笼扛着扁担，拿着缆绳，又一次吆喝着全家大小跑到田间地头抢收已经晒干的小麦。

这个时节，也是山里人夏收秋种的大好日子。即使这段时间下一场大雨，山里人也不会闲着。他们披着蓑衣，戴着草帽，冒着大雨在已经空出来的麦田里播下秋的希望——玉米种子。

陕南的六月，是一个干旱的六月。有句谚语叫做："有钱难买五月旱，六月连阴吃饱饭。"山里的六月天，早上天气凉爽，到了中午，似火的焦阳晒的人喘不过气。山上的灌木丛林晒得啪啪做响，地里的玉米苗也会被晒得耷拉着脑袋。土层薄弱的地里，玉米苗会被晒得发白。河里的涓涓细流也会日渐干枯。山里人终于耐不住焦急的等待。他们在河里挖个小井，取河里的水，一担一担的把水担到玉米地里，再一瓢一瓢得把水浇到玉米苗上。山里人会看别人的样子，当有一家人去河里挑水抗旱时，这个村子里的其他人都会学着去做。一时间，这个村子就沸腾起来了，大人们用桶挑水，而富人和小孩则用家里闲置的塑料壶背水，就这样，人定胜天的抗旱运动打响了。

到了初秋时节，地里的玉米棒子，也开始长出玉米粒了。还有那满地的大豆，在绿茵茵的叶子下，也孕育出一串串鼓鼓的毛角角。山林里的野果子也挂满了枝头，这时的你如果有幸来一趟山村，看到那满山的野果子，一定会馋的你直流口水。但只要你喜欢吃，山里人一定会拿出最好的山桃、山梨让你一次吃个饱。

这个时候，山上的野猪、獾子也不会闲着，它们会带着家族，躲开山里人的视线，偷偷地来到玉米地里美美地饱餐一顿。当山里人发现了这群野猪和獾子们糟蹋了他们的庄稼时，就会在野猪和獾子们来时的路上挖好陷阱，下好夹子和套绳。在玉米地边搭一个草棚，看护着即将成熟的玉米。特别是在晚上，是野猪和獾子出没的时间，这群山里人会在被这群野物糟蹋过的玉米地边烧一堆篝火，敲打着锣鼓，时不时地放一两个鞭炮，以防这些野物再来偷吃他们的劳动果实。看野猪行动是很漫长的，山里人往往要看一个多月，直到玉米老熟了，他们才肯放心。

山村的秋天，风景更加迷人。满地的玉米棒子，足有十米多长，拾到手上沉甸甸的，一看就是个丰收的年头。还有那金灿灿的……大豆，太阳一晒，啪啪作响，从毛角角里蹦出来的大豆粒还会滚得老远。还有那火红的高粱，在习习微风中摆动，它在向山里人展示着它的存在。而那漫山遍野的山菊花金黄一片，映衬着青翠的山林和日渐发黄的灌木林，更是一副别致的田园风光图。每当清晨，躺在床上就可以听到扑噜噜几声鸟儿展翅的声音，接着传来几声清脆的鸟叫。顿时，打破了山村的寂静。这是鸟儿开始出来觅食了，随后传来吱呀呀几声开门的声音。村民们一个个也相继起床了。不大工夫，又传来几声农具碰撞的声音，这时，山里人开始了他们一天的农作生活。

到晌午的时候，从哪些低矮的土瓦房子上空会飘散出缕缕的青烟。这时，嗅觉灵敏的人一定会闻到谁家在熬玉米粥；谁家在做哨子面；谁家的灶火烧的太旺，把辣椒炒糊了；谁家又在烙锅盔。不一会儿，就会听到妇人们那清长的吆喝声："他大，回来吃饭哟——"

隆冬时节，山里人最轻闲的日子。是女人们东家进西家出的串门聊天，抑或三五成群聚在一起剪纸、织衣、打牌的季节；也是男人们最惬意的喝酒季节，飞飞扬扬的雪花棉絮似的飘着，几个相好的围在火塘边，温一壶老酒，说着知心的话，品着醇香的酒，不知不觉间便醉意朦胧，什么不悦和烦恼都不存在了。

春天来了，迎春草最是先知。这时，你会在田间地畔看到那金灿灿得花儿，花香随着春风，送进每一户农家。山里的药材很多，每当春夏交替之时，他们会利用这段时间把山上的农副产品采回家。经过简单的加工后，卖给城里人，用所赚来的钱购置生活用品以补贴家用。

山村最美当数黄昏，这是山村千古的骄傲。每当夕阳西下，万道彩霞披挂山坡，石若温玉而辉辉闪烁，川若含珠而熠熠妩媚，松柏愈翠，草色愈清。炊烟袅袅，牛犊鸣叫，农人阡陌负荷而归，放学的孩子身穿五颜六色，一涌出校门，如春的花讯，几分钟，山村就被染得万紫千红。唯那白墙红瓦，在余晖脉脉中显得更加古朴凝重……

作者简介：郭文达，水利高级工程师；内蒙古作家、摄影家协会会员；包头市最美书友会副秘书长。

我的父亲母亲

文/寒幽月

我的爷爷是村里标准的铁汉，远近乡邻皆知。旧时曾带领乡亲抵御匪患，一手双枪出神入化，解放后改行做屠户。爷爷家境殷实，父亲生于建国那年，是长子，但并没有因此受到宠溺。父亲五岁时便学会骑马，和爷爷一同去十多里外的草滩放牧。八岁那年，父亲一人放马，突遇暴雨，马群四散，为了收拢马群，他在雨里淋了两个多小时。最后马儿一匹未少，自己却一病不起，卧床半年才死里逃生。为了给父亲治病，自此家道中落。父亲十二岁时，爷爷重病辞世，顶梁柱坍塌，父亲以长子稚嫩的肩膀和奶奶一起撑起这个飘摇的家庭。

那是一段坎坷到无法叙述的岁月，也是一段将父亲锤炼成型的历程。自此，父亲以自己是一家之主为己任，一直延续至今。即使两年后奶奶领着父亲兄妹四人再嫁，父亲也一直未曾改变。这段时光赋予了父亲坚韧正直的品行，也让他形成了极强的大男子主义。

母亲是父亲的邻居，但他们并没有什么青梅竹马的故事。母亲三岁时，我姥姥病逝，姥爷无暇照料，便将母亲送至住在东河的老姨家。母亲的童年是在她姨姨的照料下度过的，直到那善良的老人家仙去，母亲才重返故乡，那时已是十几岁了。

后来，父亲在学校教书，母亲在地里务农，因为家里贫穷且母命难违，父亲放弃了自己的恋情，选择了母亲。因为认知的不同，他们这一生几乎是在吵闹声中度过。

从我们姐弟三个懂事以来，我们就觉得父亲母亲之间并没有爱情，我们甚至觉得父亲从心底瞧不起一天书都没读过的母亲。之所以他们的婚姻能够维系，我们一直认为：一方面是父亲死要面子，怕别人说三道四；另一方面是母亲委曲求全，从来都是顺着父亲。直到母亲生病住院的那一晚，我的认知完全粉碎。

那是 2005 年的夏天，母亲一夜醒来不能动弹，送到医院被诊断为脑梗。住院的当晚，父亲不听我们姐弟的劝阻，硬是撵回了两个女儿。那一夜，是我和父亲交流最多的一次。

他反复念叨着母亲的好，夸奖母亲善良温顺、孝敬老人、邻里友好。他眼中泛着泪花，满目都是惊惶，像个恐惧的小孩子。我问父亲，那为什么还是总和母亲发脾气，是不是看不起母亲？父亲叹了口气说："你们还小，不懂。但是我不会让任何人对她不敬，包括你们或者我的其他亲人。"父亲的前一句我没弄懂，但后一句，我深深地相信。从有记忆开始，父亲就从不允许我们姐弟对母亲有任何的不敬，哪怕是高声顶撞一句也不行。至于我的那些姑姑叔叔，更不能说我母亲一句坏话，否则必定会被父亲赶出家门。

母亲出院后，落下了残疾，走起路来一颠一颠的。从那一日起，父亲就接管了母亲的全部工作，洗衣做饭，一直到现在。家里的吵闹声日渐减少，偶尔一两次，也必定是母亲倔强，做了什么出现危险的动作。

我也曾私下问过母亲，有没有恨过父亲，母亲眯着眼笑着说："两口子一个锅里吃饭，哪能不磕碰，你爸是个直性子的人"。她的笑是那么自然，那么毫不掩饰。

前年冬天，父亲因糖尿病住院，母亲半夜了仍不放心，坚持要去医院看父亲，去了还是那么简单的交流。母亲问："没事哇？"父亲瞪着眼睛骂："大半夜跑甚了？你跌一回我们又倒霉了。"母亲笑着说："我回呀！"出门后，她开心的和我说："没事，能骂动人就没事。"而父亲，直到母亲回家打来电话报平安后，才安稳的睡了。一周后，父亲嚷着出院，说医院住的快疯了。我知道那是他不放心母亲，即使我们每天都有人陪着。

前几日，我回爸妈家，门外听见老人聊天。父亲说："我要是先走，你该咋办？跟儿子过还是跟闺女过？你一个人怎么照顾自己？"母亲说："我谁也不跟，你给我买点药哇。"父亲说："也好，我走之前先给你喝上，然后我也放心了。"屋里传来一阵愉悦的笑声，我靠着门，泪流满面……

鹿城的春

文/寒幽月

吹面不寒杨柳风是江南的春韵，绿草如坪，娇花落英，柳枝轻垂，细雨迷蒙；鹿城的春是粗犷的，呼啸的白毛风一路驰骋，入目皆是大风起兮云飞扬的豪情，你若不细细去品，无法寻到春的身影。

"六月披袭塞外行，犹闻山头未消冰"，鹿城的春极其诡异。

若说他迟，他赶在除夕爆竹声前便已吹响立春的号角。当清冷的雪还在树枝上、街道上、屋顶上摆出各种姿势时；当丰腴的黄河鲤鱼还在冰层下慢慢游弋时；当南海湿地的水鸟还在从南方往北飞的路上时；当人们还沉浸在新春如潮的欢乐时；他已把牧绿的东风轻轻放在渐渐消融的冻土里，放在稍显娇嫩的树枝上，摇醒它沉睡了整整一个冬季的心情。

若说他早，你放眼四处，又绝不会看到一点儿春色。树未长叶，枝无吐芽，草还在地下积攒力量，拼命往出爬；山头白雪皑皑，田间一片苍黄，整个大地依旧呈现着冬的景象。至于桃花红，杏花粉，那是夏天的印痕。当风变得狂放，裹挟着黄沙打的窗棂噼啪作响，鹿城的人便知道春天真的来了，只有这酣畅淋漓的野风才能敲打开塞外的冻土，消融黄河的坚冰，将春光迎了出来。

鹿城的春如一现的昙花，幽香方起，花即凋谢。当你刚感觉到春的脉搏，嗅得到春的气息，情不自禁的吟一句"乱花渐欲迷人眼，浅草才能没马蹄"时，他已如莽撞的小伙闯入了夏的怀抱。但这并不能减弱我们对故乡春的热爱，热爱春天不是爱他的和风细雨、鸟语花香，而是爱他的神韵和品格。如果说江南的春是在愉悦人们的心灵，像旗袍女子手执油纸伞娉婷而行，那么鹿城的春便是在考验人们热爱生活的耐心。

沿着钢铁大街一路向南向东，经过巴彦塔拉，踏上110国道，我顺着老包头的主脉络领略故乡的春。美丽的沙尔沁今年又与往昔不同，村村路面畅通，户户门窗洁净，松柏葱茏，蓝天白云，狂风中没有了过往煤尘漫天的浑浊，纯净的春味在雪花飘摇中苏醒。

待到清明过后，春雷炸响，田野里，将会有依稀的草绿泛上地垄，农民的身影将会长成茂密的树林，他们厚实的手掌插入贫瘠的土地，竭力的让它肥沃起来。这方水土这方人，孕育了老包头的的根，也孕育鹿城朴实勤劳的文明。

我不是诗人，不会不惜笔墨赞颂春的妩媚，用一句句美妙的诗文让春更加温柔多情；我不是画家，不会尽情泼墨勾勒春的娇容，用一片片绚烂的色彩让春更加魅力无穷；我就是这个城市中平凡的人，用平凡的眼睛穿过风沙抚摸鹿城的春，看开河鱼跳出浮冰，看野鸭钻出枯旧的草丛……

轻轻地漫步在乡间小径，静静地仰躺在山脚巨石，听风等雨看云，饮一壶山茶，我以自己的方式，等待春的身影落上我生命的窗棂。

今天阳光明媚，鹿城的春依旧寒冷，但她还是会引来夏天。

作者简介：寒幽月，原名马磊，包头市最美书友会副秘书长，《魔幻小狼窝》责任编辑。1978年4月出生，籍贯包头。现就职于包头东河现代物流园区管委会。

陪我一起看春天

文/赵晋峰

时间改变了很多的爱好和习惯，许多以为会伴随一生的人和事都已散落在记忆中，偶尔翻出，再也寻不到往日的痕迹。唯有对牵手季节而来的株株花草爱心不变。即使工作再忙碌疲惫，生活再烦躁琐碎，也会惦念着它们。

比如在说着念着春天要来的日子里。上周五刚来包头，虽已暮色渐起，但小区内一棵柳树还是吸引了我的眼球。我揉揉眼睛，半信半疑自言自语，四周还是水墨写意画般的初冬风景，唯独这株柳树脱颖而出，那叶子就是工笔画下线条分明栩栩如生的绿色小鱼儿。稚嫩的绿叶爬满了枝条，小小的叶子，浅浅的绿色，细细的绒毛，初生婴儿般可爱极了。但可爱中分明传递着蓬勃的生命力，一种被压抑了整个冬天的情绪，突然在春风的号角中得到释放的机会，看得出它们的无限活力。微风中，叶子们调皮的攀着枝条，在荡秋千吧。或翻转，或扭动，枝条交错中，叶子们也趁机相互握个手、击个掌、拥抱一下，庆祝春天为它们精心摆设的接风宴席，一年没见的兄弟姊妹再次相逢，欢聚，这兴奋几人能懂？我几乎是奔跑着向它们走去，一如儿时那般激动的心情，欣赏着曳动的柳条，和爱人开着玩笑：怎么招呼也不打，这绿色就突然来访呢？

诧异的何止是柳树的叶，还有桃花。

因了柳树带来的惊喜，所以和爱人很晚了还相约去植物园看桃花，是以急切的心情去的，经验告诉我们，桃花一定开了。果然，植物园门口一树桃花在夜晚更加妩媚。远望，依稀白雪落枝桠，粉雕玉砌。静谧的夜里，深蓝色的夜幕，仿佛都是为了这树桃花应运而生的，一切行人车辆都似乎远了。唯有这株桃花树，在浓浓的夜的气息中更加安然寂静，四周空灵。想起三毛的"如果有来生，要做一棵树，站成永恒。没有悲欢的姿势，一半在尘土里安详，一半在风里飞扬；一半洒落阴凉，一半沐浴阳光。非常沉默、非常骄傲。从不依靠、从不寻找"。真真切切的，就这样读着这树花儿，感谢着春天让我们相遇，让我注视它的美，它的淡然。走近了，粉白色的花瓣错落有致在纵横相间的枝干上，一朵朵玲珑剔透，面含矜持的笑容，银色的月光洒满整个桃树，散发着神秘的光芒。我也想起庄子梦醒的迷惑：桃花见到我的喜悦，也一如我见到它一样吗？

三月的桃花给包头这座城市增添了无限魅力，难得在只有微风的日子里，在马路边，公园里，随处可看见桃树的倩影。一树一树花团锦簇，远望是一片片淡粉色的花海，枯燥的行人、车流因了盛开的桃花也生动形象起来。似乎看得见他们的美丽，也看得见他们的幸福。最美的街道是民族西路，路两边密集的桃树装点了包头，更让这一普通的马路多情浪漫起来。我会反复坐着经过这儿的 31 路公交车，感受着这绵长的美丽，享受着擦肩而过的桃花的触摸。在靠站的一瞬间，偶尔会有一枝调皮的伸进车窗，车内便春意浓浓。

记得前几年没有私家车的时候，会询问着包头桃花的花期，带着女儿坐公共汽车赏花，也会有某一年误了赏花而遗憾伤心。女儿对桃花的喜爱远不及我，好在爱人和我志同道合。我俩可以在许多事儿上意见相悖，但惟独在相约看花上一拍即合，说走就走。

微信里，我转发过许许多多唯美的画面和文字，有时是不经意，手指一松一点，内容进入朋友圈，内心并无多少感叹或共鸣。可近日徜徉在桃花林中，聊着生活中别人的事，自己的事儿，微信里许多经典的语言会跃然脑海。或许，那晚夕阳如火中，我们的背影也落满他人艳羡的目光。为了让这一切更加真实，我情愿化为尘埃，挽留着这片片花瓣，让它们更长久的依偎着树干，成就一季的美丽。

花也好，人也罢，珍惜最好。

作者简介：赵晋峰，女，出生于 1973 年，固阳职业高中教师。包头最美书友会会员。

父爱如山

文/黄鹤

翻开尘封的相册，帅帅酷酷的父亲盈现眼前。父亲年轻时帅哥一"枚"，走到哪总能赚足眼球。虽只有初小文化，却酷爱文字，写诗歌、玩摄影、远足山水，当年也是工厂里的焦点。但他不善钻营，性格倔强，所以一直默默无闻。直到现在父亲总是那身后无声奉献的大山，山一样的胸怀，海一样的包容。

太爷爷是教书匠，所以爷爷耳濡目染读了不少书，满腹经纶。后来走上了领导岗位，从事技术工作。现在93岁了，仍头脑清晰，坚持读书。他的孩子们也秉承传统，业余时间用读书来充实生活。家里的大部头书籍都是父亲当年的存货。父亲兄弟姊妹六个，他排行老大。由于家里人口太多，奶奶又家务没工作。父亲没上多少学便工作了，和爷爷一起挣钱养家。这样持续到我的出生，我们一家三口从大家里搬出来单过。过早养家造就了父亲独立、担当、勤俭的性格。不到万不得已父亲断不肯麻烦别人，他总是强调我们，自己的事自己做。家里的水电、煤气、家具、用品出了毛病，父亲总是先动手尝试修理，实在修不了再求助于人。所以家里的东西都是用了许久许久不肯换新。母亲身体不好，家里的采买和厨师便是父亲，他原本不会做饭，为了妻子、儿女生生学会了，这一做便是几十年。

小时候，父亲那双有力的双手常常托着我上秋千，爬山坡。那笨拙的双手帮我洗脸、穿衣、扎小辫子。我坐在自行车后架上用小手紧紧搂住他那宽厚的腰，小脸紧紧贴着他坚实的后背，这么一靠就是父亲的一辈子。

父亲闲时喜欢侍弄花草，童年的记忆很大一部分乐趣在院子里的花花草草中。夜来香、芍药、凤仙花、步步香、香草、薄荷，还有南瓜、豆角、黄瓜、西红柿、韭菜、樱桃、葫芦、沙果。整个园子就是我快乐的童年。每到春、夏、秋我便知道园子在父亲手下又变成了魔力花园、菜园、果园。一家人在园子里支上小桌，浇园嬉戏、尝鲜赏月。父亲的花草给我童年趣意。

父亲为我撑起山一样的天空。小时候，趁大人不注意，我吞了妈妈的绣花针，当妈妈发现时，针已到了食管。父亲得知后，第一时间抱我到了医院。大夫建议立即手术。父亲说："这么小的孩子，一旦做手术，以后的体质一定很差，不扎漏不手术！"于是父亲抱着我在医院的走廊里颠呀颠，以便针快点排出来。每隔十分钟一透视，看针的走向。有一刻绣花针横了过来，我哇哇大哭，妈妈和大夫都坚持手术。但父亲以他的倔强和镇定坚决不同意。父亲就这样抱着我颠呀颠，每隔五分钟一透视，针终于顺了过来。第二天，我平静了，针下来了，父亲就这样抱着我坚持了二十四小时之多，化险为夷。

随着年岁的增长，父亲养成了每顿饭喝上点酒的习惯，至多二两。喝了酒父亲的话也多起来，跟我们在桌上摆龙门阵，我们静静地聆听，时不时插上一句。父亲越来越爱回忆，记忆力远不如从前，但以前的事倒记得清清楚楚。母亲去世时，父亲当晚没喝多少就醉了，不停地跟我们说着母亲。他是不轻易表达感情的人，那一刻透过父亲的白发我仿佛看到他心里的泪光。老伴老伴老来伴，母亲的走对他打击很大，他把母亲的遗像放在身旁的枕头上入睡了。我突然看到了父亲的老态。印象里的父亲一贯是坚强的，坚强得像山一样让人踏实。

父亲的坚强令人折服，前一阵突发肾结石，疼得直不起腰，却不肯打个电话给我，怕影响我工作，愣忍到我下班送他去医院。我心里好后怕，也深深自责。日常工作一忙起来，便忘了给家里打个电话。平时父亲也总是报喜不报忧，怕麻烦到他的宝贝女儿。父亲啊，你可知道，你的平安、健康才是女儿最大的心事。每当人生遇到挫折和失意时，父亲总以他海一样的胸怀容纳我。他不会说什么感人至深的大道理，他把爱深融于生活中的点点滴滴。嘱咐我变天加衣，带伞，为我准备可口的饭菜，修缮我的小物件，让我至今有个依靠。回家，第一时间想到的是多能的父亲，山一样的依靠。

山一样稳重的父亲，海一样包容的父亲。父爱浓浓，世间最无私的爱。父亲，你永远是女儿心中如山一样伟大的父亲！

作者简介：黄鹤，任职于国企从事人力资源工作。高级经济师、高级政工师、国家二级心理咨询师、三级公共营养师。现为包头市最美书友会会员、包头市妇联旗袍协会会员、内蒙古营养健康管理协会会员。

陪伴是最长情的告白

文/云朦

每个人对故乡都有特殊的情谊，而我庆幸的是，我呼吸着故乡的空气长大，并且一直奔跑在这片土地上。别人口中的乡愁我未曾体会过，我只知道我始终深深爱着这个可爱的城市。

月是故乡明，人是故乡亲。走过山山水水，走过流年岁月，最觉亲切的永远是故乡的那一缕乡音，最是依恋的永远是故乡的那一份乡情。长大了越发觉得，故乡的一山一石、一草一木、一人一物皆是情。长大了越发觉得，母亲的唠叨里全是温暖的情愫，父亲的沉默里尽是无声的挚爱。长大了越发明白，不管是高楼林立，还是一马平川，家乡永远是自己心中最美的丹青水墨画。

我喜欢家乡的夏天。北方的夏，既不潮湿，也不闷热，就算是三伏天，也是火辣辣的太阳直接从天上射下来，干脆的厉害。风总是和你捉迷藏，想要从你身边悄悄溜走，等你去捉的时候，它就悄然无声了。可是那一抹清凉，也能让你从头舒爽到心底。杨树的阴影里，爷爷的蒲扇扇来了童年的梦。那梦里，总是充满了千奇百怪的妖怪，相伴的，还有脚下故意撒下饭粒勾引而来的蚂蚁。

　　小的时候，常常在树叶上写上愿望，放在水里飘向无尽的远方，把心里的委屈和埋怨写在纸上，装在黑色玻璃瓶里埋在不易被人察觉的地方，那时候亦是知道那是见不得阳光的碎语。也曾小心翼翼的将死于非命的小鸟浅浅的埋葬，比较正式的立上一块墓碑，放上野花野果，每次路过的时候都作揖敬礼，表示虔诚的祝福与祈祷。家乡见证了我的纯真善良与懵懂心事，伴我一同走过了轰轰烈烈的年年岁岁。这份感情，无可替代，美的，不美的，都是独一无二的。转眼人到中年，可童年的影像仿佛就在枕边，多少个夜晚在梦里一次次打开。时光，老了容颜，断不了这深深的情意。

　　总会有一些这样的时刻吧，尽管被无尽忙碌缠身。当心情在月光里弥漫，会想起这个城市里，住着所有我成长的故事。原来我已不再年轻，却又因此，而倍觉岁月茫然。时光宽宥，陪伴才是最长情的告白。

　　作者简介：云朦，原名夏凌云。1970 年出生，内蒙古包头人，毕业于内蒙古财经大学，注册理财规划师。现就职于建设银行。包头市最美书友会会员，此文为处女作。

春天的希望

文/琚清

　　春提早来了，没有预示。只是在和暖的风里，让树芽儿争绿，桃花便最早争艳，挨挨挤挤，争红了脸。一转眼，那抹五月的绿却在此时的叶片里闪动，摇曳着斑驳的美。

　　风衣飘动的美提早让衣裙替代，那片靓丽要让夏夺走了呢!我们便嬉笑着，踏青里多了夏的躁动，蝶就要来了，合了这节拍，迎着这妩媚，要扮装这春未了夏已来的青春。

　　孩子们最先跑出家门，在池塘里，挽着裤管，拿着瓶子，在冰冷的水里捞蝌蚪，一个两个三个……孩子们各自随着瓶里蝌蚪的数量增加而欢呼雀跃，鸟儿随着他们的笑声叽叽喳喳、叽叽喳喳。等老师告诉他们，每一个小蝌蚪就是一只小青蛙，一只小青蛙一天就能捕捉二百只害虫的时候，孩子们你看看我，我看看你，都扬起瓶子把蝌蚪倒进池塘，这时的笑声远比刚才更嘹亮。小蝌蚪们亲吻着孩子们的小腿，痒痒的，滑滑的。他们抚摸着小蝌蚪念叨着"快快变成小青蛙，一定多多捉害虫"，在妈妈的催促声里跳出了池塘。

　　和煦的阳光照在孩子们扬起的小脸上，微风在风筝的尾巴上摇啊摇。孩子们便在空旷的草地，拿上自己心爱的风筝，跑啊跑，欢呼着，摔倒了，依然昂着头爬起来；跑啊跑，和同伴的线纠缠在一起了，你向这边跑，我向那边跑，嘴里喊着却不是责怪的语言；跑啊跑，手在不停地抻线，坏了，线断了，心也便随着天上的风筝一起跌落。担心着、奔跑着，然而风筝还是挂在了树上。几个同伴急急地爬上树，风筝取下来了，可是已经坏了。几个小脑袋凑在一起，有的帮着绑折了的翅膀，有的补戳坏的窟窿，当风筝又能飞向蓝天的时候，孩子们的笑声响彻田野。

　　我也欣欣然走出家门与你约会，春风吹在我的脸上，阳光照在我的脸上。洋溢的笑容在那个宾朋满座的下午，你与我合影，他与你拥抱，茶水的清香让我们流连春天的姿色。春天的诗会让我们激情澎湃，我们谈笑着数不尽的春的话题；我们欣赏着满园关不住的春光，几时我们塞北的春这般盎然？几时我们包头的春这般明媚？哦！那是你吗？这个拥有希望、期望播种春天的使者，为我们栽下永远的菩提树。

　　春天看着树木的嫩芽，听着泉水的丁冬、闻着泥土的芬芳、触着满园的花儿，她在喜鹊、黄莺嘴里叫，在桃花、杏花枝头笑，在孩儿、你我心里唱……

　　作者简介：鲁冬梅，教师。曾利用 10 个假期为孩子们写了属于他们的故事，最后编辑成册《心语》；包头市最美书友会会员。

在文字的光辉里遇见父爱

文/曲小红

新年前一天的夜晚，闺蜜约我吃饭。那是一家优雅的咖啡厅，轻柔的音乐，馨香的咖啡，我们聊天，拍照，谈论我加入的书友会，分享我近日发表的文章。闺蜜说：你的文学天赋肯定是你父亲的遗传----我顿时惊呆了。

爸爸离世太久了，我一直以为，父爱是我终生的缺憾，是今生再也无法拥有的奢侈品。对于爸爸的记忆，是一片凄惨的空白和无尽的怨恨。

听了闺蜜的话，我脑子里忽然闪过一个声音，"你父亲生前写的一手好文章"，爸爸的同学曾这样对我说。

啊---我恍然大悟，那一刻，我泪如泉涌，泣不成声。透过迷蒙的泪光，我轻轻地拾起关于爸爸的一块块光阴的碎片。像考古学家恢复一件破旧的陶器那样，在记忆的白纸上仔细拼接。渐渐地，爸爸的形象奇迹般浮现在眼前。像失忆多年的人忽然恢复了记忆，尘封近五十年的父爱，是我一直视而不见的存在。听妈妈说，我生下来连包裹算上才 4 斤重，奶奶说不如扔了，可爸爸却视我为宝。他每天下班第一件事就是迫不及待地把我抱在怀里，然后给我的小嘴里喂两滴鱼肝油，天天如此。

等我会吃饭时，爸爸就给我开小灶。绿色小茶缸，红糖水泡馒头片儿，那是我最美味的夜宵。"喝糖水，泡片片"，是我每晚睡觉前必说的一句话，时间长了，就变成了至今难忘的口头禅。

爸爸是我的家庭医生和高级营养师。我虽然天生体弱，却很少生病，直到现在，我从未输过液，也从未打过针，连感冒都很少，这是爸爸从小对我悉心照顾的结果。可是一直以来，我都没有意识到这一点，也从未对爸爸有过感激之情。

听固阳房东大哥说，那时他经常胃痛，药吃了许多都不见好。爸爸给了他几个小纸包，也不知道是什么药，吃了几次就好了，到现在五十年了，他的胃病再没有犯过。原来，爸爸是个妙手回春的医生。此刻想起这件事，我第一次为爸爸感到骄傲。

妈妈说，我小时候缠人，爱哭。爸爸下班回家后总要教我背古诗，我却总要缠着他画画。爸爸给我画的最多的就是小白兔，有时画一只，穿着公主裙，他说这是我；有时画两只，一大一小相互依偎，他说这是我和他；一次他画了五只，他说三只小的是你和两个双胞胎弟弟，两只大的是我和你妈妈！看爸爸画画时，我很安静，不再哭闹。有爸爸的日子，我是幸福的小公主。

影集里，有张我小时侯的照片，那是爸爸留给我最珍贵的礼物。照片上的我不到两岁，头发很短，崭新的花格儿背带裤，黑色方口布鞋，骑在一只昂首挺胸的彩色木质的大公鸡背上，表情和大公鸡一样神奇。妈妈说，爸爸抱着我，不小心被照相馆的门挤破手指，流了很多血，包了几层纱布还在渗血，但他依然笑着说没事儿。在那个俭朴的年代，能给他心爱的小公主穿上新衣服，能去当时最好的照相馆拍照，对于爸爸是多么开心的事。也许，他在为女儿做着离开的最后准备，他的心也在滴血。

不久，爸爸突然离世，那张骑公鸡的黑白照片，成了爸爸留给我最后的礼物。那一年，我只有3岁。

妈妈经常对我讲起爸爸临终前的那段往事。

"我要走了，我走后，这个家你就不要呆了，我把你给人了！"那天晚上，爸爸对妈妈平静地说。

"给谁了？"妈妈惊讶地问。

"不知道，但是，他一定是个好人。你也是个好女人，将来，你一定会幸福的！"爸爸说得依然很平静。

"那孩子们怎么办？"妈妈半信半疑地问。

"孩子们你不用愁，毛主席会管！"爸爸微微笑了笑，好像是玩笑，又好像是诀别，妈妈还想说什么，爸爸已经永远地睡着了。

床前，一张两个弟弟的周岁合影，背面写着"毛主席的孩子最听党的话"，这是爸爸留给我们姐弟三人最珍贵的遗言。

妈妈像爸爸预言的那样被迫离家，留下我和一个弟弟跟爷爷奶奶相依为命。从此，怀着对父亲深深的幽怨，怀着对母爱无限的渴望，我在世间艰难而胆怯地行走，心一直被孤独和凄凉笼罩。

没了爸爸，我成了灰姑娘。我不理解爸爸为什么要抛下我们，爸爸的离去，成了我终生的痛，让原本脆弱的我更加脆弱不堪。面对人生的种种选择，我总是不知所措，就连生活琐事都不敢独自决断，有"选择恐惧症"。我总是在购物付款前一刻向闺蜜或爱人求援，帮我定夺。有时我会把爱人想象成父亲，把老师想象成父亲；有时看到父女秀温馨就会嫉妒，听到孩子叫爸就会吃醋。

随着时光的流逝，爸爸的身影时常在我的文字里闪现。新年前夜，我与父爱在文字的光辉里相遇，神奇地实现了我和爸爸阴阳相隔的遥远链接，我深深理解了爸爸。在那个特殊的年代，爸爸为了保护我们选择了以特殊的方式离开，并把妈妈托付给他人。使我们免受像他一样的迫害，是他用年轻的生命换来了我们一生的幸福。

我惊喜地发现，爸爸给我的礼物很多很多。爸爸给了我健康的身体，给了我善良的性格，给了我浪漫的情怀，给了我与他相似的气质，给了我文学的天赋。

我的泪依然在流，那是积压半个世纪的痛苦释放后的泪，那是摆脱孤独无助后欣喜的泪，那是放下重负、获得父爱后幸福的泪。五十年来，想起爸爸，我第一次没有了怨气；第一次意识到爸爸竟是那么的爱我；第一次感受到爸爸一直在我身边，是爸爸借用文字的力量，默默地安慰护佑着我，是爸爸为我点亮一盏明灯，用文字的光芒照亮了我前行的路。

新年的钟声响了，我不再流泪，伴着轻柔的音乐，品着馨香的咖啡，读着关于爸爸的文字，我感到从未有过的轻松和愉悦。

在崭新的春天，我要活出崭新的自己。

作者简介：粉红色回忆，原名曲小红，固阳人，包头市最美书友会副秘书长，包头市作家协会会员，《包头供电报》特约记者。现包头供电局满都拉公司从事会计工作。

品读陈福乐

文/昂青

　　水墨，自唐以来，逐渐成为国画之正朔。古人"画中之道，以水墨为上"一言概括了古今数千年的时尚，成为不移的定论。水，生命之源，墨，五色之最。水墨五彩世界，画道黑白乾坤。书画者，必须要了解中国艺术之精辟，探其理、求其神、悟其道、通其艺，才能创造出真正称得上艺术的作品来。陈福乐，他寻到了绘画精髓所在，于是他拿起了笔。

　　陈福乐画工笔也画写意。工笔画重形象，求物象的准确性，作品先实后虚，由外及里，使画家进行创作感受。写意画重意境，画在似与不似之间求神韵，使不同的观者形成不同层次的无限联想。陈福乐，把两种画法结合为一，在不断的互相冲撞中又互相渗透，互相补充，从而具有了万物皆备与我的天人合一的思想。

　　在艺术道路上，陈福乐一方面汲取传统文化的精髓，一方面结合自己的实践，开拓出新的国画之路。他把具象意象相融，把具象升华为意象，强调线条墨色的力量。从临摹和研究古人的笔底功夫开始，集众家之长，融各种技艺，逐渐的使自己的绘画达到了炉火纯青的地步。

陈福乐生于美丽的白洋淀，家乡的荷给了他取之不尽的灵感。他笔下的荷从开到败，每一幅作品都留下了他在艺术之路上艰难求索的烙印。

陈福乐热爱生活，喜欢祖国的大好河山，他经常外出写生，把自己的所见所闻倾诉于笔墨之间。

他知道，绘画艺术只有像大山那样坚实浑厚的功底，像大海那般渊博宽广的知识，才有博大雄浑的气势。以一点之墨摄山河大地，要想把那些秀丽、优美、雅致、雄壮的山水画活谈何容易。陈福乐为此走遍了祖国的大江南北，眼界也越来越开阔。他的作品从书法到写意，水墨相溶，韵味十足。他的顽童体吸收了古人的笔墨精华，又融入了个人的强烈个性，笨拙中不失纯真，让人耳目一新。他的写意作品所追求的境界是天地间朴实无华的美，比如他的巨作《芦花魂》，通过他雄健的笔墨和简洁的章法表现都超出与外表的形似，而具有独特的个性，那些简单的画面和线条在他的笔下有了灵魂。

细读陈福乐的画作，你会在不经意间发现他热爱生活积极向上的心态。一幅手帕般大的《母亲言道》，画中小老鼠上灯台偷油吃下不来的情景让人不禁莞尔。一幅《初醒》，一只慵懒的小猫睁开睡眼，懵懂的看着这个世界。他所有的作品都在细微处给人以启发和感动。

我和陈福乐之间的关系很有趣，他崇拜水孩儿的文才及为人，拜水孩儿为师。我敬重他的为人和才华，拜他为师。每次互通电话，他都会说，弟子，代问我师父好。

陈福乐还年轻，实力非凡成绩卓越，为人却很低调。他的作品相继被刊发在《中国书画》，《当代书画名家》杂志及各个报刊上并由政府部分出资创建了属于自己的美术馆。却一直都尊称水孩儿为师父。

得知陈福乐的作品最近被多家拍卖行和画廊选中并以每幅十几万元的价格拍出，我为他高兴。严谨而勤奋的创作态度，和物我神遇迹化的开悟之境是他成功的基石。陈福乐，会在中国书画的历史上留下不朽的一笔。我坚信！

作者简介：昂青，原名宝山，蒙古族。诗人，画家。擅长画虾。包头市最美书友会副秘书长。

你是人间四月天

文/解文立

　　朋友大概可以分好多种，给你精神能量的，给你实际帮助的，指引你前进方向的，悄悄给你安慰的……虽说人生是一场独自的修行，但好的朋友既是你心灵的慰藉，又是一道靓丽的风景。

　　有时，人的缘分就是那么奇妙。我和彦青同在一个系统工作，二十年前就已相识。之后偶然一见，都在惊鸿一瞥间。彼此喜欢，彼此欣赏，但因为机缘还不够，没有深的交集。岁月匆匆，似水流年。在 2014 年，我俩共同的挚友才把我俩深深地连接起来。

　　有一种遇见，它丰盈了你的生活，浸润了你的心灵，打开了你的视界，激活了你的神经。彦青就是这样的女子。

　　参加朗诵学习班、唱歌班、读书会、走旗袍秀、观摩学习摄影展、画展、主持各种活动……每天看它如燕子般的穿梭充电和做各种公益活动，我不禁对自己的生活也生出几分质疑。

　　我一向春困秋乏夏打盹，喜欢在自己的世界里静静地自言自语，和她熟识之后，我变了。她经常早早打来电话：

"姐，明天有个读书会，我接你去，一起去啊，玩呗，等着我啊！"无法拒绝的热情，去吧。再过几天："姐，旗袍会今天讲茶道，香道，看看去呗，接你。"挡不住的诱惑，又去了。就这样，她带我走进了一个个的殿堂。从王天读书会到雷蒙读书会，再到如今驻足收获在最美读书会，我们一起在雨中等彩虹，一起在雪野中看星星，努力活出一个丰盛的自己，不负流年不负梦。

她的多领域穿行，不仅是简单的驻足，她总要把你带到一个新时空，要做就做到极致。那次我们作为旗袍方阵在电视台录《敖包相会》节目，期间，电视台要做一个简单采访，她极力推出我。虽然我视名利如浮云，但我看中的是这份友谊的质量和她的胸怀，以及愿把好友带到一个新天地，与好友分享一切美好的那颗心。这个风一样热情的女子还做事精细有心，电视播放这期节目适逢我出去比赛，她不厌其烦的录下来发到我的微信上。

知道我迷恋照相，只要到一个环境优雅的地方，她第一句话就是："飘姐，给你来两张。"然后，各种角度的拍，后期处理，直到你满意到不好意思。

那天，正逢我有点小郁闷，她电话中大概觉出我的低落，执意要请我喝咖啡。那个暖暖的下午，在氤氲着香气的咖啡里，我的心一下子明亮起来，因为这个明媚温暖的女子。

因为她靓丽，知性，声音好，一些公益的活动请她做主持。人们看到的都是她的光彩明亮，不知道她背后的用心和执着。为让声音的特质更有磁性，她在拜师学习的基础上，一有重要活动总是反复练习，还不时征求我们这些密友对她声音，着装，神态等方面的意见。第二次最美书友会前后她一直低烧不退，嗓子发炎，但她什么都没说，坚持圆满的主持完那次聚会。

前一段，书友会好文不断，她虽然出手不多。但一篇《我的眼里只有你》写尽夫妻爱，一篇《老爹的日记》写满父女情。文章胜在情感真挚，胜在用情用心。她是一个认真，用力生活的女子，所以她的身上满满正正的气息。

读书、旗袍秀、旅行、音乐、摄影，一切美好的东西都与她如影随形。她在缤纷里静静地绽放，又在安静里翻天覆地。她在努力做一个完美睿智的自己。

最喜欢林徽音的那首人间四月天，改编了一下，送给她吧：

多少梨白桃粉，是爱，是暖，是人间四月天。笑响点亮了四面风，轻灵，在春的光艳中交舞着变。四月的云烟，黄昏吹着风的软，星子在无意中闪，细雨点洒在花前。细数流年，一年中最美的都在这诗意般的人间四月天，不期而遇是生命中最美的缘。绿树繁华间，惜一份懂得，收获一份温暖，让灵魂对望，脉脉生香。

作者简介：解文立，呼铁局电视台记者。包头市最美书友会理事。

简单老兵博大爱

文/王丽英

是否有那么一个地方，你未曾来过，初次拜访却觉得异常熟悉？

是否有那么一个人，你未曾见过，初次邂逅却有阔别经年之感？

——题记

在祖国北疆狭窄的一角——乌拉特中旗海流图，一个有草滩溪涧，有老屋牛羊，有淳朴民风的小镇，隐藏着一颗璀璨的明珠，他的光芒在瞬间绽放，令草原的阳光亦随之黯然失色。他便是老兵。

老兵，何许人也？慈善家、收藏家、书法家、茶艺师……总之，老兵在我心里就是一个传奇人物！

他崇尚佛教，喜读经文，擅长书法，爱好收藏，这些其实并不是他生活的全部，只是一种点缀。名利与慈善，他选择了后者。对于追名逐利的现代人来说，爱心是极致的奢侈品，真正拥有它的人并不多，老兵算是之一。而像他创办的"记忆角落"这样的公益书屋，却是举国唯一！

初次见到老兵，我便看到了他的笑，那么从容，那么平和，真像拈花一笑的佛，给人一种大彻大悟的感觉。与他聊天，他的语调也是极尽温柔，当我表达对他伟大的想法和做法的仰慕时，他总是说："其实就这么简单……"我知道，他的眼中满是尊重他人的悲悯和良善，即使再纷乱的世界也惊扰不了他的宁静；他的那颗纯粹的心里早已种下一株菩提，而且枝繁叶茂；他尽一己之力书写着人世温暖，以菩提大爱诠释着正能量。许是因为书屋刚起步过度操劳的缘故吧，他看上去很憔悴。可是就是这样一个看似柔弱的人，却能感觉到他的内心是用一砖一瓦细致堆砌而成的，简单平实，又坚硬牢固。他不抽烟不喝酒，在他清朗的面容上，少了一份吐纳烟云的凌然霸气，更多的是温和如水的眷眷柔情。我总是在想，该是怎样的神山圣水，才能孕育出像他这样的澄净明朗的人呢？

初次到这个称作"记忆角落"的书屋值班时，已是东方大白，冬雪晕染的天空，格外的醉人。老兵和值班志愿者早已来到书屋。因为是正月初四，街角的店铺都是门窗紧闭，只有书屋是例外。人们忙着走亲串友，这里也自然显得格外寂寥了一些。书屋分上下两层，低层是阅览区。别看开办不久，这间书屋因为公益，所以凝聚了社会各界人士的爱心。捐赠的书籍崭新，品种繁多，再加上老兵特有的收藏，书屋显得绝对的别致，绝对的琳琅满目，绝对的前沿化。二层是活动区，这里会不定期的举办各种公益活动，如蒙语课、茶艺课等。记忆角落是我们共同的家，从你踏入这个家之后都是免费的，鞋套免费穿，书免费看，借书证免费办，茶免费喝，课免费上……这里除了受捐的书籍之外，几乎一切开销都是老兵一人负责，大到房租装修设备添置，小到水电茶具零食供用等。我有问过他，书屋是公益事业，您有考虑过接受外界的投资吗？他淡然地说，至少近期不会，我接受了也就违背了初心，掺杂了功利的目的，其实很简单的……真的，在这里，只一本书，一丝善念，一个小细节就将每个走进书屋的你我融化。像老兵说的那样，我们无力做伟大的人，但我们用伟大的心做细小的事！

其实，生命的本身是纯粹而干净的，可我们在成长的过程中沾染了太多的俗世尘土，便在嘈杂喧闹的世界里微笑、忧伤、快乐、痛苦。而老兵的世界却是宁静的，因为他选择信仰公益。因为信仰了公益，他只是一味付出，不思功利；因为信仰了公益，他过得简单安宁，逍遥自在。他或许就是上苍赏赐给我们的一份礼物吧，一份不可抗拒的沉重如山的礼物！没有人问过他是否能背负得起，也没有人在意他能背负多久，他注定就是这个小镇的传奇！他拥有深邃的学识，亦拥有草原的野性，他敢想敢做！或许唯有他自己才最清楚，他要做什么，该怎样去做。他也坚信，不管他的世界是怎样的风霜雨雪，不管今后要走的路途有多艰辛，他也决意走下去！而我们这些愿意追随他的志愿者们，还有什么理由选择半途而废呢？

这个春天，海流图的春天，我在温柔的春风里，闻到绿草淡淡的清香，看到白云悠闲着漫过头顶，也撩起了我心中对平和宁静的渴望！如果你也厌倦了城市的喧嚣纷扰，那就选择独行天涯吧。可以去乌镇那个朴素安宁的小镇，可以去丽江那个幽静风情的小城，甚至放逐西藏……而我却选择这里，一个静谧到忘我、简单到柔软的地方，它叫"记忆角落"！

作者简介：王丽英，网名待到花开静谧时。教师，包头最美书友会会员。

父亲和羊

文/王丽红

"不怕杀牲害命，就怕啃骨不净"。小的时候，父母总是在我们吃了大肉不想再和肉骨头纠缠时，用这句话来告诫我们。弄得我心里满怀虔诚，不像吃饭倒像是在举行一场崇高的仪式。

父亲从小养羊，对羊有很深的感情。他七岁开始放羊并且和母亲定了娃娃亲，十一岁从鄂尔多斯跟着父母带着羊群来到固阳的一个小山村，成年后和母亲结婚生子，从此在这个地方住了下来直到现在。

父亲一生勤俭，我们却嫌他小气，什么也不舍得多买，害得我们总是因为一些吃的喝的分来分去。母亲常常讥笑他一个钢镚儿掰成俩半儿花，父亲不以为然，他说那叫好钢用在刀刃上。不管我们说什么，父亲一如既往的抠门儿。

我一直认为父亲视我们远不如他的那群羊，他全身心地照料它们，把它们养的肥肥壮壮，对我们却不闻不问。但我们总会在馋得不能忍受的时候，吃到母亲炖的香喷喷的羊肉。这令我们对父亲刮目相看，一顿羊肉彻底抵消了对他的抱怨。

直到自己成家立业，有了孩子，才体会到父亲和母亲的不易。八个儿女要养大成人谈婚论嫁，哪一个都少操不下一点心。那时才深深理解了父亲全心全意照料一群羊，而忽略一群孩子的不得已，后来一想起这些就会对过去误解父亲而心生歉意。

我们长大父亲老了，快八十岁的人精神头却依旧十足。除了照顾身体大不如从前的母亲，还照料着几只羊，不肯跟着儿女们离开，为的是让儿女们还能吃上他亲手养肥的羊。这让我们既心疼又无奈，也希望不要发生"子欲养而亲不待"的遗憾。

父亲的倔强，多少让我们这做儿女的心急又无可奈何，他说自己只要能动一天就不让儿女们养活，要自食其力不给儿女增加负担。我们只好迁就他，或许孝顺本身意味着要顺从老人的意愿让他们开心吧！

几十年的养羊生涯，父亲对羊了如指掌。给羊接生、灌药、接骨、开颅，样样做得轻松自如，并且热心地去帮助左邻右舍，从无怨言。

父亲养了一辈子羊没有上过一天学，却喜欢关心国家大事，说起来也是头头是道，常令我都自叹不如。这几天打电话问他在干什么，父亲很认真地说在开两会啊！我忍不住哈哈大笑，老爷子坐在电视机前以为自己是人大代表嘞！他对现在国家的政策赞不绝口，说农民的生活水平相比过去简直上了天，好东西多的吃不完，国家给着养老金，儿女们又孝顺。父亲欣慰地说着这些话，其实我知道他仍然那么"小气"，一个钢镚掰成俩半儿花，但他懂得知足、懂得感恩、懂得珍惜，才会觉得如此幸福。

父亲是个平凡朴实的人，没什么大道理讲给我们听。然而他的行为教会我们敬畏生命，积极生活，去拥有普通人的快乐！

作者简介：王丽红，1976年9月8日出生于固阳，现居包头市，在一家广告公司任行政主管。包头市最美书友会会员。

儿时的年味

文／张桃元

过大年响鞭炮，穿新衣换新帽，男女老少齐欢笑……这是小时候过年时经常哼唱的一首歌谣。光阴似箭，岁月如梭。一晃眼自己都做了父亲了，可想起小时候过年的情景好像就在眼前……

记得小时候临近年关，家家户户都在忙着置办年货。让我最开心的是爸爸妈妈带着我们姊妹三个去裁缝店给我们做新衣服，妈妈把事先买好的布料交给裁缝店的老板，老板给我们三个人依次量了尺寸，告诉我们说肯定误不了你们过年穿。

为了让我们能过个开心的大年，妈妈和爸爸早早的就开始给我们做好吃的了。妈妈的手可巧了，妈妈和爸爸用面给我们炸出了很多我们爱吃的麻花、馓子、油饼、果条……

妈妈和爸爸在屋里面忙乎着，我们却和小伙伴们在外面疯跑。虽然外面寒风瑟瑟，我们的小脸蛋都被冻的通红，可是我们一点都感觉不到冷，因为和小伙伴们打打闹闹的十分开心。

那时候过年人们都要理发的。爸爸跟我说有钱没钱剃头过年，这都是从上一辈传下来的一种习俗，寓意着一切从头开始。因为爸爸不会理发，我每年都是请邻居家的叔叔帮忙。邻居家的叔叔很热情，不管谁来了他都会帮忙理的，那时我们邻里之间的关系处的十分融洽。当时邻居家的叔叔只会理一种头型，就是底下短上面长的"锅盖头"，所以我们大部分的小伙伴都被理成了锅盖头。大家一跑起来上面的头发就炸开了，就像个锅盖似的在头上扣着呢十分滑稽。可是我们依然玩的很开心，因为很多小伙伴们都理的和我一样，谁也不会去笑话谁的。

过年最主要的是贴对联，爸爸拿着找人写好的对联给我念了一遍。虽然那时我还小，听不太懂爸爸说的是什么意思，但我知道贴对联也是对美好生活的一种祝福吧！我帮着爸爸一起把对联贴好了，爸爸又让我扶好梯子，他把两个大大的红灯笼挂在大门上。这是爸爸亲手做的，看着红红的灯笼我心里不由得佩服起爸爸了。

黄昏时分家家户户都开始准备旺火了，我和姐姐，妹妹帮着爸爸运劈柴和木炭，爸爸把木炭堆成一个锥形的小山丘，然后把劈柴放到下面。随后爸爸点燃了旺火，火光把整个院子都照亮了，如同白昼一样。我们姊妹三个围着火堆转着圈跑，玩的不亦乐乎。

妈妈在家里给我们准备年夜饭，晚上是必须吃饺子的，所以我们全家都帮着妈妈一起包饺子。姐姐擀皮，爸爸和妈妈包饺子，我和妹妹也跟着凑热闹一起包。虽然包的没有爸爸和妈妈的好看吧，但我和妹妹乐此不疲。一家人边看春节联欢晚会，一边包着饺子有说有笑的十分开心。

吃罢了年夜饭，终于等到了电视里 12 点的钟声敲响了，我们全家人都穿着整整齐齐的衣服走到院子里，去看旺火和放鞭炮，来迎接新的一年的到来。12点钟的炮声最猛烈了，让整个大地都在颤抖，整个天空都在轰轰作响，让人感到十分震撼和兴奋。

第二天早早的就有人来拜年了，所以我也加入了拜年的队伍里，和小伙伴们一群一伙的挨家去给拜年。得到就是几块甜甜的糖果，那种感觉既开心又快乐。

真的很怀念儿时过年的年味，能和小伙伴们一起嬉戏一起放鞭炮，能和爸爸一起贴对联，能和妈妈一起包饺子……

如今的小伙伴们都已长大了，都已为人父母，再也找不回儿时的那种欢乐了。唯一让我能感到欣慰的是，自己现在还能对儿时那段过年的记忆回味犹新。

作者简介：张桃元，笔名桃源。内蒙包头人，祖籍察哈尔右翼后旗。包头市最美书友会理事。就职于国企，此文为处女作。

"流过浪"

文/杨铭

　　一直钟爱狗狗的我，一次偶然喜欢上了喵星人。那是一只流浪猫，黄白黑三色，通过万能的百度查找，方知它的品种叫中华田园猫，像大多数的流浪猫狗一样，并不名气十足，也不招人待见。

　　认识它是在好朋友的店里，一个带着户外风情的音乐烤吧，至于它什么时间闯进并留宿，我已记不清。只深深的记得第一次看到它时，从它的眼睛里看出了它对生人的恐惧、对陌生环境的畏怯，但又在严寒的冬季依赖此处的心境，怜悯之心油然生起。听好朋友说，好像有一只眼睛视力不太好，好朋友和他老公都是义气善良之人，给它买了猫粮和猫沙，像是对待自己的宠物一样对待它，时间久了，它也出入自由，把这里当成了自己的家，时不时还和客人玩逗一番。由于它的经历，我们为它取了一个很特别的名字，叫"流过浪"。它很聪明，似乎能听懂我们是在叫它，几个月过去了，"流过浪"不再过着流浪的生活，有了自己的家，有了爱它的主人，生活规律，时不时出门遛个弯，可是好景不长，一天晚上它深夜也没有回来，第二天如此，以为它又去流浪，有些失落的我们终于在第三天要闭店的时间，发现它回来了，听好朋友说，浑身是土，比之前初次登门时还要狼狈。

日子这样即平淡又快乐的过了一个多月，到了好朋友两口子为期一个月蜜月旅行的日子。由于我有一只聪明可爱的泰迪犬，没办法帮她暂时扶养，就送到另一个好朋友那里，我们都称她为"流过浪"的三姨。听三姨说，"流过浪"很乖，从不上床、沙发和茶几，刚刚适应了一个环境又到了另一个新环境下，它似乎明白只有自己不被人讨厌才能有一个永久的家。三姨很称职，每天在群里汇报"流过浪"一天的情况，还兴高采烈的告诉我们"流过浪"吃胖了，让好朋友安心旅行。突然有一天，大半夜的在群里大呼小叫告诉我们，她的朋友说"流过浪"已经怀孕一个多月了，没有心里准备的我们也吃惊不小。第二天，我们一直在研究和猜测，它的男朋友是什么样的，生下来的喵宝宝又会是什么样的……

最让我们吃惊的还属这一天的晚上。听三姨说，这一晚上"流过浪"都是紧紧的跟着她，甚至还会主动到它的怀里。发现"流过浪"在舔不断流出的羊水时，才得知它马上要生产了，三姨又手忙脚乱的为它布置生产的小窝。还处在得知怀孕消息的震惊中，又让我们魂惊魄惕，历时两个半小时，"流过浪"顺利产下了两个儿子一个女儿。最初看不出半点可爱，像个小老鼠一样光溜溜。从此以后，这一家四口就成了我们仨共同的牵挂，不管吃什么都想着这个喵妈妈。经过多种食物的考证，结果只对干炸小鱼、酱牛肉、白灼虾感兴趣。兴好我们有两个喜欢冰钓的朋友，不畏严寒，经常能让它吃上新鲜的小鱼。三姨也很辛苦，为它亲自煮了酱牛肉。作为大姨的我，应该也要为它做点什么，就在一次同学聚会上，点了一斤基围虾。剩下的比我想像的多的多，每天一只，足足吃了一个星期，哈哈。

其实最让我感动的还是"流过浪"自己，母性的伟大及于它一身，是一种原始的质朴的震撼！生产后的头两天，它没有出过产房，坚守在孩子们的身边。大家都知道，猫是一种很讲卫生的动物，每天自我清洁不说，为三个孩子也清理的干干净净，根本找不到小喵们的半点粪便。大家都说猫是最优雅的动物，果不其然，连它上厕所时姿势都是那样优美。据史料记载，猫掩盖粪便的行为，完全出于生活的本能，是由祖先遗传下来的。为了防止天敌从其粪便气味发现它、追踪它，于是就将粪便掩盖起来，现代猫的这种行为已丝毫没有这方面的意义了，便却使猫赢得了讲卫生的好声誉。

小喵们健康快乐的满月，我亲自为它们拍了写真，被我们亲的不要不要的。真希望它们不要长大，就这样幸福快乐的生活在一起……"流过浪"的名字记录的它曾经的生活，同时也抹去了它曾经的生活。流浪已经是过去时了，现在的它，已经有一个幸福的家，还有那么多的亲人在爱着它们……

我们生活的环境中，流浪猫、狗司空见惯，希望大家在看到那些惊恐、无助的小眼神时，为狼狈不堪的它们做些力所能及的事。每一只猫狗的背后都有一个不为人知的故事，希望我们能够给予它们更多的关爱，关于"爱"有很多的禅释，其中一定也包括对小动物的怜悯与善待。为我们的这个好朋友送去一个大写的赞。

作者简介：杨铭，笔名阳光铭媚，内蒙包头人，包头市最美书友会会员。

春之舞

文/般若

　　春的气息，早早的舞动着天鹅的翅膀，嗅着泥土的潮湿味道，扑来。拍鸟的人兴奋着，躁动着，奔走相告；观鸟的人安静着，淡然着，追逐鸟鸣。

　　当春的阳光洒向冰雪尚未消融的芦苇或是玉米地时，蠢蠢欲动的人们比天鹅早早的醒来。慵懒的，悠闲的，淡定的大鸟轻声嘶鸣，叫醒熟睡中的家人与伙伴儿们。开始潇洒自如的游弋，不顾旁人热切的眼光，天鹅们骄傲的撒着欢，撩拨着春情，放肆的拍打着好看的翅膀，与人在安全的距离内互动。

　　夕阳下的天鹅自然又是另外一番景象了。金黄色的余晖中，一队队的天鹅掠过，怡然自得的放松滑翔。大自然中有很多让人陶醉的景色，每每我都会深陷其中，不能自已。翩舞夕阳更是让我流连忘返，甚至于流泪。此时所有的世间尘俗，所有的悲伤忧愁也淡化在这动人的美轮美奂中。那些可爱的鸟们，犹如化身人间天使的精灵们，温暖了忧伤的孤独，安静了烦恼着的功利。

　　几个摄友知道我喜欢摄影，现在也喜欢了鸟儿的可爱与可亲，鼓动我加入他们拍摄鸟儿的队伍中，成为一名真正的鸟儿人，我只微笑：观鸟不语真君子。内心里其实真正的爱，只为那成为风景中的鸟儿随性与自由。

爱着，及深爱着。

春的舞动，不会撩拨了心乱，只是更喜欢了深沉思考与恬然自由。

作者简介：般若，原名王雪梅，任职于电厂管理人员。包头市最美书会会员、内蒙古摄影家协会会员、中国女摄影家协会会员。

暂时停下来

文/陈姝仪

　　我们生活在一个高速发展的时代，每个人都在追逐的路上行色匆匆。一位讲师在讲授压力知识的课堂上拿起一杯水，然后问学生们："大家认为这杯水有多重？"学生们有的说是 20 克，有的说是 500 克。讲师则说："这杯水的重量并不重要,重要的是你能拿多久。拿一分钟，你们一定觉得没问题；拿一个小时，可能觉得手有点酸；拿一天，可能就得叫救护车了。其实这杯水的重量是不变的，但你拿得越久,就觉得越沉重。这就象我们承担的压力一样,如果我们一直把压力放在身上，不管时间长短,到最后我们总会觉得压力越来越重直至无法承担。而我们需要做的，只是放下这杯水，休息一下再拿起这杯水，如此我们才能拿得更久。"

　　生活和时间这两者微妙的关系，说不清，道不明。忙碌的生活轨迹，如飞驰的汽车车轮，因快速旋转而得不到一刻地停歇，紧绷的神经似乎只要有一刻的停留便会分崩离析。没有穷尽的工作目标，不断出现的新问题，鞭策着我们事事追求高效、完美，鞭策着我们不断地和时间赛跑。这种执着、坚持的精神当然值得肯定。但同时也给我们的身心带来了巨大的压力。现代社会，要完全摆脱压力几乎不可能，即使这个压力消失了，随之就会有另一个压力到来。压力巨大至我们喘不过气来但又不能撒手的时候，不妨让自己暂时逃走。这是一种折中的方法。

松散的琴弦当然不能弹，但绷紧的琴弦容易断，一个人每天都处在紧张的生活状态中，就象上紧了的发条，只会迫使生命过早地衰老，不会拥有愉快幸福的心情。暂时逃走是为了给自己一点缓冲，也是为了更好地继续向前。因此，当压力袭来而我们又无法承载时，就要暂时逃离。

暂时停下来，让惶惑停下来，让殚精竭虑停下来，让踟蹰停下来……

人生多迷幻，看到枝头上粒粒饱满的青梅，我们无法抑制对春天的渴望。徜徉在车水马龙的街头，我们经不起繁华事物的诱惑。在冠盖如云的都市，我们对功名利禄，难以自持。很多人追求一生，奔波一生，劳碌一生，心高气傲一生，结果发现目标总在彼岸，欲望永无止境，拼命追逐的人们，似乎已然忘记，奔跑得那么累，到底是为了什么。也许真实的内心，不过是为了附和内心压抑不住的欲望与虚荣。到最后却丢失了那份上善若水、静月春花的小安定和小幸福。

白落梅说过，人生一局棋，关于输赢，我们总是无能为力。迷惘之时，多半在局内。当你了悟的时候，人已在局外。这世间的欲求总是太满，只是再满的欲求也不能填补虚空。因为，欲求本身就是一种空无。你追求的时候，它突然消失，你淡然的时候，却已经拥有。

世间的运转都有它既定的轨道与规律，人老叶落归根，花谢零落成土。寒冬去，明媚春又开，群芳何必苦争春，反倒白了春心，乱了季节。

生活太忙，生命太短，我们要懂得调整，学会放松。握清欢在手，掬淡泊于心。忙累了，就歇一歇，随清风漫舞，看绿植摇曳；心烦了，就静一静，与花草凝眸，与山水对视；走急了，就缓一缓，和自然对话，和人生微笑，生活有序，生活宁静。高处虽可望尽天涯路，却也不胜孤单悲寒。暂时停下来，我们才会领悟到生命的种种况味，才会宠辱不惊。暂时停下来，我们才会蓦然领悟，一任尘俗辗转，我自明月清风。人生，原来如此。

作者简介：陈姝仪，中国传统文化、现代礼仪知名教授。自治区文化产业先行者。包头市文化产业促进会会长。内蒙古卡丹卓亚文化有限责任公司、内蒙古百通百汇国际展览公司董事长。包头市最美书友会会员。

此心安处是书香

文/商裔

在社会上行走多年，常常觉得物欲横流，渐渐习惯人与人之间的关系用金钱衡量，用利益衡量，也会觉得累，盼望有一方净土能让自己的心灵栖息。

一次偶然的机会我进入了圈子外的圈子"包头市最美书友会"，看大家谈书论道，我觉得惊异，原来快乐也可以这么简单，原来人与人的关系也可以这样干净纯粹。一杯清茶，一本好书，如此而已。

"茶亦醉人何须酒，书能香我不须花。"是熏陶吧，我开始在家里翻拣多年不碰的书本。看书友们佳作频出，我也开始寻求灵感，想把自己的心情，经历写一写。

看我找书寻笔，父亲很惊讶。他能诗能画，写的一手好毛笔字，律诗也做的好，是个典型的传统文人。小时候为了培养我，他也下了一番辛苦。我还记得那时候他每天规定我得写五篇大字，可我少年轻狂，为了叛逆而叛逆，荒废了父亲的一番心血。

开始父亲冷眼旁观，以为我是一时之兴，后来看我能坐下来看书，还把多年不练的书法捡起来，露出了难得的笑脸。回家时，父亲开始和我谈论书友圈的事情，帮我分析书友们的作品，偶尔兴趣所致，父亲也会和上一首。

我一直是家里的黑羊，年少时一心从戎。后来又一定要自己做事，现在想来好多事伤了父亲的心。

其实父亲最了解我，后来他告诉我也不是想拘束我，只是知道我性格跳脱，想让我通过读书习字磨砺性格，他希望我能静下心来。他说"人有一颗平常心，好多事才能看的远，想的通，问道于外，不如问道于心。"

多年后，因为我又喜欢上了读书，父亲和我达到了彼此和解。"书中自有黄金屋"，这是小时候父亲为了让我读书逗我的话，其中的隐喻多年之后读懂世情的我才明白，世事纷扰心灵需要净土，调整生息才能继续上路。出世入世间书能带给我平静，原来，此心安处是书香。

作者简介：商裔，1979 年 2 月生，乌拉山电厂职工。包头市最美书友会会员。

偶然来自缘

文/刘红伦

　　许多尘封的记忆不曾打开，打开了总想说出来，好像不说总有一点心结末了。

　　多年前我们一家去青岛旅游，顺便看望一位同道老者。去时我们坐的动车，我们一上车，对面座位一位很清爽精神的年轻姑娘，深深印入了我们的视线。道不是人家姑娘长的漂亮，主要是她穿了一身很得体的绿军装，加上一双会说的大眼睛，显得真精神。车起动后无事就与她聊了几句，知道她是休假回家探亲。时间过的很快，不知多会就到了青岛。下车说再见时，她留了一个电话给我且对我说，来青岛没事给我打电话我给你们当导游，一句浓浓山东话让我的心头一热就下车分了手。

　　第一次来青岛感觉新鲜多的是陌生，找到我认识的那位老者，已快黄昏了。老者姓吕，这家人很热情，吃了顿青岛的家常饭喝了一点酒累了，早早的回宾馆休息了。第二天我们自己去了黄岛的银沙滩，玩的很开心，但还是有点不尽兴。明天去哪里我们心里却没了底，怎么说我们是外乡人嘛。这时候孩子想起了车上那位穿军装的姐姐，说真的就一面之缘怎么好意思打扰人家。再说人家探亲更不合适，但明天去哪怎么走道也是个问题，看了地图也不清楚，最后还是试着打了个电话过去。没想到对方很热情的就答应了，当时那种感激之情我也不知说什么好……

第二天下着小雨与吕老师告别，吕老师不让走，说来青岛人生地不熟我实在不放心。我说我与一个朋友约了回市里，改日再来看您，这才完事。但我心里也不是很安静，这是一个陌生城市呀，何况第一来……不能想那么多了，坐轮渡走吧。一出站口远远看到了那张陌生又熟悉的脸，她用浓重热情的山东话招呼我们上出租车，这会我们才知道她叫王蓉。

就是这个姑娘，在以后的几天里我们好像成为了一家人。用她的说法这是我叔我姨，看，这是我妹妹，长的和我像吧？这时候她的朋友总会说，你们一家人挺亲呀。她就呵呵笑，清爽样子可爱极了，其实当年她也就是个十八九。

接下来她带我们去了崂山，花石楼，分手时好像在栈桥。我们去了她家看了她的爸爸和妈妈，父母开一家小饭店，进去时候她对她妈和她爸说，我叔我姨我妹来了。那个感觉有点不似亲人胜似亲人，洗了手就帮厨去了，不一会一桌海鲜就上桌了，大家有说有笑，开心的不得了。

事情已过去多年，我的小姑娘都已变成大姑娘了，由于王蓉工作关系我们已不能再联系了，但我们一家常常想起她。有时我姑娘问我，姐姐怎么也不和我们联系了？我想姐姐了。我就笑一笑对她说，"姐姐不是后来带你去清华园看过荷花吗?你会画画，想她时候你就画幅荷花吧。姐姐就是清华园里你喜欢的一朵荷花，那叫清水出芙蓉，天然去雕

饰。你说是不是？""姐姐在我的心里就那朵最漂亮的清水
芙蓉。"

写到这里我想了许多，许多人天天见，但就是入不了我
的心，一点感觉一点意思都没有。有些人过去了多年，见过
那么一面，尘封记忆一旦打开，还是那么鲜活和生动。这个
故事本来就是一个偶然，但偶然还是来自一个缘吧。这让我
忽然想到，人的这一辈子有时相逢真的不如偶遇。

再见王蓉，我们还会常常想起你，我相信你也一样。我
还相信我们还会偶然相见，在崂山，在花石楼，或在栈桥那
个分手的地方，但不论怎样我们一家希望你过的比我们好。
我再去北京时候，我会抽时间去清华园看荷，如果那天下雨
我一定会想起你……

作者简介：刘红伦，包头市最美书友会顾问。包头市著名书画
家。结业于清华大学美术学院，师承刘大为，现为中国人民大学客座
教授，西冷印社（北京）书画家，中国美术家协会敦煌创作中心委
员，荣宝斋中国美术网艺术研究会研究员。

第一场春雨

文/竹君

空气好极了，正是春雨绵绵。闻着清新的空气，怡然自得。

我在外面听雨，知有人在书海里遨游，我的停留只为与你与书，更近些。闻到雨味儿了，当然还有书香味儿，还有春天的雨声。

春来了，春雨来了，我们心头的呼唤也来了。空气潮湿，春雨萋萋。在这样的夜里适合怀想，想起细雨濛濛，想起梦里花开的日子；春雨潇潇的夜里，正是一种春来涌动的情怀。为你写诗，也是诗人对美好时光的珍惜。你是遗立在红尘俗世、孤芳自赏的女人花，让壁上千百册墨香，围绕你生韵。

和兰雅之人交流，如沐春风。这阳春三月，认识你的雅容，本身就是一场春雨。或许相逢，总有久远难寻的起因！

一种缘在不经意间来临，我们都是在找共鸣的人，寻找灵魂深处的人。知己难求，知音难觅。活在自己的精神世界里，无关繁杂的紧要。

漫步心田自超然，

竹君情怀意似兰。

点点春雨打在脸上，清凉如诗。一阵春潮带雨晚来，撩动我疲惫的心。那种倦意随着第一场春雨来临，消散在这苍茫的夜色。我把车停在路边，找到悸动的句子，唯心安宁。

打开手机里储存的《夜的钢琴曲》，一遍又一遍倾听，让这柔和寂寞的声音飘逸。我的心啊，醉在这场春雨里。

白落梅说："世上所有的相遇，都是久别重逢。"我们所有人的相识，都是注定的缘份。上辈子欠你的，今生匆匆结伴，依旧同行。

几经分离，最后还能在一起，感谢我们始终不离不弃。那是因为我们都对文字，怀着虔诚的美好，恰如此时播放的音乐，每一个音符都是跳动的感恩之心。

这春雨和着钢琴曲，把心头的尘埃洗涤。把烦恼、疲倦、压抑，统统丢到风里。一任这悠扬的琴音，一次次洗刷久远的记忆。

午后阳光

文/竹君

中午小憩，养足了精神。行至客厅处，屋外阳光灿烂。北方的天空在秋风的驱逐下，分外的蓝。就像是纯净的蓝色水晶，隐隐放射出夺人魂魄的光芒。喜欢这阳光穿越窗户的午后，让家里亮堂堂、明晃晃的。暖暖的照在身上，特别舒服，好似在温柔的梦乡，忘记了户外的严寒和险恶。

阳光透过宽大的落地窗，斜斜的钻进我家，给家无限的光明。窗户跟前的明月草，越发显得嫩绿，就像是春发的颜色。蓬勃着，欢跳着。说起明月草，这是有来历的一株草。因为身体有恙，远方的朋友特意给我从她的老板那里剪枝送来的。那是冬天的时候，她要回老家恰好路过包头，顺路给我捎来。古语有云：千里送鹅毛，礼轻情意重。难得朋友如此惦牵，心里十分感激。从此，让明月草在家里生根，长出友谊长青藤，结满情意久远叶。

窗前还有滴水观音，也是不同寻常的事物。那是结婚时母亲送的，已经在母亲家里生活了好多年。现在又要在我新家落户，延续它的见证。虽然十多年了，但仍有老根新发的翠枝悄然而出，滋润平凡的生活。如今静静的摆在窗前，随着日出日落，听着家里的欢乐，渐渐把日子沉淀。幸福的时光依偎着叶上的温暖，女儿银铃般的笑声把小屋填满。在这明媚的阳光下，它也舞得欢。

在这午后暖暖的时刻，我爱泡一杯清茶。就着芳香四溢的雾霭，品味生活的点点滴滴。此时，静谧且安详。一任墙上的时钟嘀嗒，时间在茶香里逝去。和我爱好相同的人很多，都停留在这午后的时光里。只不过有人喜欢咖啡罢了，不好茶。静静的想着心事，想着有关的一切，或者无关的紧要。无论想什么，都是一种思绪的放松。在安静的分享这份从容，在午后阳光里寻找他乡的故事，寻觅一泓久远的心湖，不起风雨，只有涟漪。

追忆逝水年华，那些触动内心的微笑，在嘴角微微翘起；那些苦涩的日子和事情，只有一声长长的叹息。可惜或者后悔当初的决定，但是都已成为泛黄的记忆，正如外面此刻落叶飘零，再也回不到母亲的怀里。就着茶，细细品。苦中一缕清香，也如生活涩涩里的欣喜。

穿着舒适的居家衣，不带一丝束缚。把正装、套装，统统放起，恰如收拾了外面的压抑心情。就这样慵懒的躺在沙发上，任午后阳光和煦。遐思的心放飞在天外，倏忧虑，忽温情。

这样独处的时光怎能忘记音乐？打开电脑，找到爱听的美妙旋律，让一首首天籁回响在沉思的耳畔。《风的迷藏》、《听仿声鸟的日子》、《顷刻之间》、《星空低语》、《罗马古道》、《孩提时代》、《自由如鸟》、《与你同行》、《地平线》、《穿越薄雾》、《三生石上》、《夜的钢琴曲》（五）等等。闭上眼睛，追寻着梦里的意境。唯美，悠扬。心也跟着化了，柔软的像是一片云。阳光披在身上，遍体流金。窗外蔚蓝的天空依然澄澈，不带一粒尘埃的纯净。

　　枕着你的名字入眠，一定在唇边轻轻呓语。呼吸均匀，浅浅的笑靥溢满温馨。在幽静的林间小路上，牵手同行。一袭白衣，如鹤独立。目光凝视远方，步履轻盈，不染一丝一毫尘世气。微风轻拂你的秀发，朗动飘逸。皓齿明眸，娇体纤细。裙衫复贴，风华玉肌。亦或是半夜到山巅去数星星，你专注于夜空，我却深情的凝望你。突然你的回眸一笑，双眼闪出漫天的流星。我赶紧许愿，藏下心中的秘密。怕这黑暗吞没了灵光，消逝了你的影。都说做梦是美好的，那么让我也在缥缈的空间里放纵一下，漫步彻底。

　　时光就在想象里飞逝，刹那间阅尽千山万水，最终回到我的茶台前。茶香馥郁，岚气氤氲。啜一口，茗通肺腑，百骸皆忻。

　　作者简介：竹君，原名刘鹏。一名特警，笔耕砚田。包头市最美书友会副秘书长，《魔幻小狼窝》责任编辑。

再见!再也不相见

文/杨梓

夜晚,正准备关掉手机睡觉。突然,一条信息急促地窜到屏幕上面:"姐,你那个叫常乐的朋友车祸去世了,前天。

信息是一个瑜伽馆的主人发来的,常乐是我的朋友。

如此残酷的晚安问候语!瞬间,我被炸懵了。

整个晚上,我极力扩张每一个脑细胞,回望那些尘封过往。渐渐,一幅幅场景如电影胶片般被次第拼接起来。

十多年前,我们住的很近,几乎是形影不离的好友。一起疯狂购物吃零食;一起去驾校学开车;躺在彼此的怀里,让对方扯去头顶扎眼的白发。总之,好的一塌糊涂!

后来,我去外地工作了几年,友情被时空阻隔,渐渐生疏起来,甚至一度失去联系。

直至去年深秋,一个黄叶纷飞惹人愁的午后,我去拜访本市一位瑜伽馆的老友。在那里,我们意外重逢。简短的寒暄过后,很快,久违的熟络毫不陌生地弥漫开来。我们四仰八叉地躺在瑜伽馆的地上,还像过去那样,天南地北,从前现在,话题种种。

后来，又去喝了咖啡，互留了新的联系方式。"我在微信给你点赞，继续做你的超级脑残粉。"她依旧一脸阳光，跟过去没有两样。说完，我们哈哈大笑，在灯火阑珊的街头挥手告别。

向相反的方向走出数米后，又回头异口同声说："再见！"

她真的信守承诺，我发文，她一篇不落地点赞。前天早上，她在今生最后为我点下的那个心形符号，就躺在我冰冷的手机里。

掐指算来，瑜伽馆一别竟又是半年有余。说过的再见终是没有见。

每当我们道出那句"再见"时，是否也伴生着一个潜台词：再也不相见！

红尘陌上，起初相携同路前行的人，在命运的岔路口，人潮如涌，难免会遭遇离散。天各一方的日子，岁月会给每个人另一番包装，改变各自的精神长相。重新认领了朋友，换掉了圈子。于是，就兵不血刃地把过去的友谊谋杀。又不愿为自己的罪责伏法，就冠冕堂皇地找了一大堆理由：什么时空阻隔，什么身份、认知的水位有别。一个万能的理由就是：忙！你忙什么？忙着从一个饭局奔赴另一场牌局；忙着在虚拟世界里刷屏；忙着用刚温乎起来的所谓友谊把固有的清算，哪怕这友情曾一度被视为与生命同等重要。

再见！再也不相见！

花开只一季，山水唯一程。历史上有多少美丽的邂逅，遭遇时间无涯的荒野，终淡化成一缕逝去的轻烟。

公元 744 年，大唐诗坛两颗最为璀璨夺目的明珠——李白与杜甫，相识在东都洛阳。他们一见如故，非常投机。经常举杯畅饮，携手同游，谈诗论文，评说时弊。曾有学者断言，李白与杜甫的相遇是中国文学史上最为激动人心的时刻，唯有老子与孔子的相遇才能与之媲美。但美好的相聚总是那么短暂。不久，李白写下了作别的诗篇："飞蓬各自远，且尽手中杯"。随后，他们迈开放达的步履，各自游走在风高浪急的江湖。至死未见。

无独有偶，19 世纪，欧洲最伟大的三位思想家：尼采、保罗.李以及莎乐美被彼此气息相近的灵魂吸引在一起。他们跨越性别的友谊书写了一段旷世传奇，几乎重新定义了友谊的概念。三位伟人深深被彼此的智慧所吸引，他们同吃、同住、同游，一起沐浴罗马的月光，一同登上阿尔卑斯山脉，迎着山风对天呼喊。书籍、智慧和友谊一直愉悦着三个人的精神。

然而，幸福并没有持续多久。

一个阴冷的冬日里，尼采在莱比锡的火车站，对远去的莎乐美说："再见"

从此，再也没见！

时隔不久，保罗.李也从他们先前一同攀爬上的山头孤独地坠下。

还有，张爱玲和画家炎樱，早年有过一段无比胶着的友情，一度被疑为同性恋。后来，她们各奔东西，老死不相往来，直至终老，竟未再见。

这些人，他们曾经认真地参与过对方的生活，真诚地直视过各自生命的真相，出色地诠释过彼此的灵魂是相叠的，也一度把友谊发展到无法逾越的高度。明明说过再见，可因何终又未见？

是因那脆弱的人心吧，脆弱到没有丝毫勇气正视极度绚烂之后的凋零。或者是对重逢有过重的期望，惧怕在时光投影里照见自己和他人的不堪。难怪有人写下：相见不如怀念，是因为吃尽了重见之后的苦头？抑或是真像作家马德说的那样：一度走的过近，会酿出一场灾难。这灾难就是至死不见。也难怪历史上有万千种离愁别绪被写进了诗文，凄凄婉婉。只因，作者一早就明白，来日并不方长。转身，即天涯；重逢，已是隔世。

过往，终归是回不去的，但并非所有的相遇都要埋葬于永诀。谁都有几件压箱底的老旧衣服，舍不得扔，也永远不会再穿。总是在一些特殊的日子，拿出来洗洗，晒晒，嗅一嗅渗透在它身体里面时光的味道。

世情薄凉，朋友本不多，知交更零落，时光又倏忽，岁月催人老。如果确定有一份纯真的友谊，就稳稳地握住这幸福。无论你们的距离有多么的遥远；身份、地位悬殊得根本用不着天平来衡量；语言窘迫到一如闰土和鲁迅的对话，只剩四个字"是的，老爷！……"

你们，还是要见的，时常。即使只是四目相对，端坐无语，凝望片刻也好。

那样，在来世相遇的路上，就会轻易认出彼此的容颜。

常乐已走7天。在城市背后的青山脚下，在她的坟头，我放上一束白菊。我们都喜欢的颜色。

伫立久久，驱车返回城市。一路上，车载音响里，张学友充满磁性的声音一遍又一遍：伤离别，离别虽然在眼前；说再见，再见不会太遥远。你和我重逢在灿烂的季节……

　　震天响的音乐模糊了我的视线，看不清道路延伸的方向。打开车窗，嗅到了泥土苏醒的气息，杨柳已开始舒展腰肢，阔别已久的燕子应该正在回来的路上。

　　接下来的近两周时间，我放下手头许多工作，拜访了这个城市里久未谋面的 6 位挚友。

　　作者简介：杨梓，媒体人，自由撰稿人。爱好：读书，旅行。包头市最美书友会副会长。

包头赋

文/康丕耀

　　秦汉故郡，钢铁新城；天高云淡，日朗风清。

　　黄河之水天上来，下雪域而上东海；秦时明月汉时关，出大漠而入阴山。高原北来，长城西去，黄河南下，青山东驰，三万里泱泱沃土，孕育高山大川恢宏气象；昭君出塞，文姬归汉，武帝跃马，圣祖挥鞭，两千年浩浩青史，写就经天纬地华彩篇章。

　　锦绣包头，有河博托。源出千里阴山，流入九曲黄河。昔萋萋芳草茂之两岸，森森秀木盛于四围。鹿群出没，鸣以呦呦；龙泉流洒，汇其涓涓。先民依风水而居，小村渐镇县以成。溯兹渊源，又谓鹿城。

　　傲立边陲，守望北疆；雄风浩荡，正气张扬。地承雨露，天捧霞光；群峰叠翠，一水流细。雨来树绿，风过花芳；鸟语清婉，牧歌悠长。岭舞红日兮，云舒云卷天苍苍；川回绿地兮，雁来雁去野茫茫。爱云外月光，缱绻而下朱楼兮，人间阆苑；醉街前柳色，婆娑而上青山兮，塞上天堂。

　　阴山松云出太古，黄河柳雨自洪荒。舜山戎，夏淳维，商鬼方，周猃狁，鹿城先民唱大风；赵雄关，秦直道，汉古城，金堑壕，包头史脉走长龙。赵王固边，筑就神州古老长城；天骄挽弓，射出禹甸辽阔版图。阿善陶绘，绚丽乾坤；阴山岩画，灿烂古今。黑水新城，巍峨于十三世纪；驼商古道，跨越以四千春秋。九地移民以西口，人间独有；五教和谐于北梁，天下无双。怀朔镇前，奋旌旗于千古，箭落秋雕；稒阳道边，回高歌而万里，云卷春雷。春秋之际，楼烦弯弓于大漠；战国之时，林胡飞马以高原。削割据而一统，始皇设九原；退匈奴以千里，蒙恬筑长城。骠骑直驱，金鼓回荡于山野；长平飞度，锦帜漫卷以川原。吕布雄于东汉，高欢控以北魏。司马迁躬考直道，以撰《史记》；郦道元亲访石门，而注《水经》。隋炀帝巡边幸瀚海，唐大将出塞战铁山。九原郡颂一方太守，两袖清风；赵王城居四代驸马，千古奇传。沙陀部五代鏖兵，云内州四国逐鹿。耶律楚材三过云川，律句吐珠玉；阿勒坦汗一驻丰州，草原兴锄耨。水旱码头，集散皮毛温暖八方；西北重镇，托起乔家辉煌百年。

　　千秋戈壁，令无数猛士燃烧热血；万里边塞，教几多诗人跌宕激情。《敕勒歌》声，悠远九州；《木兰诗》韵，激越千秋。走长川，王之涣奇思放飞："黄河远上白云间"；临大漠，王昌龄豪情奔涌："不教胡马度阴山"。"塞上长城空自许"，发陆游报国之慨叹；"受降城外月如霜"，抒李益思乡之感触。李青莲，情动沉郁《塞上曲》；白香山，心系苍莽《阴山道》。昭君渡边，常品味"大漠孤烟直，长河落日圆"之千古绝唱；都护府前，总追溯"万里赴戎机，关山度若飞"之一代女杰。

　　俱往矣。自南湖红船，一开曙光；教北疆青岭，四散阴霾。时代洪流汹涌边疆，豪杰碧血惊醒古城。扩组织，闹罢工。阴山翠，党旗红。感念巴氏家庙，崇敬泰安客栈。英雄若飞，孤灯照塞驱长夜；志士云泽，单刀策马赴鸿门。唤春风而引布惊雷，播火种以燎原边陲。黄河岸北，红遍抗日烽火；青山岭下，碧透复国浪潮。百灵庙千官兵正气惊天，官井梁六壮士浩歌动地。绥包战役，贺老总点兵沙场，两袭老城；绥远方式，毛主席运筹帷幄，一唱雄鸡。霞光灿灿兮，日出东方；杨柳依依兮，春暖北疆。草原钢城，横空而出世；稀土之都，蜚声以环球。周总理激情一剪，钢花缤纷；包钢人豪气万丈，铁水奔流。双翼神马，驰骋以火红年代；《草原晨曲》，嘹亮于历史舞台。开放风拂边月白，改革雨润塞山青。工业园区，揽三江绚丽秋色；产业链条，回四海烂漫春光。挟长河以上梯田，牵莽岭而入芳园。旅游城，园林城，文明城，皆得之数百万人风雨同舟；环境奖，范例奖，人居奖，俱来乎廿一世纪放眼全球。

　　看原上文章，云蒸霞蔚；川前画卷，风生水起。春畴经雨，翠连西北；秋畦遇风，香到东南。听不厌昆河水滨大雁歌，两岸丹花灿画廊；看不够南海湖上天鹅舞，千顷碧波映雕梁。吕祖庙钟开晓雾，龙泉寺鼓远斜阳。召河草发，普会寺松云淡荡；阴山雪落，美岱召柏径幽深。大仙山中，看八戒醉酒，辨天外奇书；朝阳洞外，聆一溪流歌，寻塞上石湖。花果山泉滴水帘，叮咚千秋；昭君岛燕穿柳浪，呢喃四周。艾不盖河，流淌花香鸟语以千古；色尔腾山，蜿蜒云影天光于万里。佛像满召，香火满召，晨昏五当召，若云中神曲；松涛半山，岚瀑半山，阴晴九峰山，犹雾里仙人。大雪纷纷而山泉汩汩者，梅力更也；高峰岌岌而湖光潋潋者，石门景也。入云危岭，托起茫茫草原于天外者，春坤山也；笼地浓荫，摇曳滚滚林涛于城中者，生态园也。总神驰：小河套边，淼淼秋波起鸥歌；常梦回：大青山上，悠悠春霭下花坡。

关山迢递，壮美之透迤；云水苍茫，雄浑之飞扬。月之鼓，霞之钟，鸣厚重以高远；龙之泉，海之灯，流明媚而恒久。梅之雪，松之风，成妙韵以千古；雁之歌，驼之铃，传佳音而四方。献哈达而起舞兮，迎四海之佳朋；斟奶酒而放歌兮，友五洲之贵宾。若夫上天外天，登楼外楼，尝小肥羊火锅，品大草原奶茶。临风歌长调，登山唱小曲。看一场二人台，顿不知何者为宠，何者为辱；听几段打坐腔，早忘却什么是得，什么是失。聆名曲清婉，感紫气盈盈；赏丝竹优雅，醉春光融融。至若走希拉穆仁，入歌舞之乡，能射箭，宜赛马，可摔跤；燃篝火，烤全羊，祭敖包。坐勒勒车，赶那达慕。听马头琴之悠悠，观安代舞之翩翩。立清风碧野，望白云蓝天，其心悠然，其意悠哉。

美哉包头！百里林道挽四区，舒展鹏翼；九曲云川流万古，交响鹿鸣。云厦横空，抱千街柳绿；水廊扑地，连百道桃红。叹锦绣之包头兮，半城绿树半城楼；爱和谐之鹿城兮，遍地广场遍地歌。若逢夜幕初临，华灯齐放，走十里长街，醉一城夜色，更觉如诗如画，若梦若幻。望山舞晴月，观水流繁星。喜歌潮花海，叹车水马龙。上下远近，霓虹缤纷；东南西北，喷泉抒情：时而蛟龙出水，浪涌天边；时而仙女散花，雪落人间；时而霞灿春波，满湖浮金；时而月映秋水，一川繁星。或如金菊绽野，桃花万枝；或如红梅放雪，莲叶一池。有若万马奔腾，有若孔雀开屏，有若风吹白云，有若雨洒竹林。

壮哉包头！太古之代，高原已崛起于天下；石器之时，先祖便耕耘以人间。赵秦雄风，历千番磨难而未歇；汉唐气韵，经万般浩劫而不绝。六代长城起伏于一脉阴山，十八君主过往以万里边陲。豪情难被风吹雨打去，壮志总随云飞浪涌来。出帝王将相，聚英雄豪杰，荟绝代巾帼，集旷世奇才。城居内陆，直挂云帆济沧海；地处高原，大风起兮云飞扬。温柔敦厚，同大青山之北坡，千秋舒缓；威武不屈，共乌拉山之南壁，万古峥嵘。大气磅礴，如滚滚黄河，激越奔腾；真爱坦荡，犹莽莽苍原，辽阔延伸。狂风吹不改正直，如遍地白杨；暴雪压难变挺立，似满山苍松。维我包头，波澜壮阔，气象万千，霁月光风，海纳百川；维我包头，一日千里，虎跃龙腾，自强不息，众志成城。

敕勒川之春风兮，千秋明媚；

丰州滩之秋雨兮，万古朗润。

作者简介：康丕耀，1960 年十一月出生，内蒙古包头人，祖籍山西，中华诗词学会会员，中华诗词学会教育培训中心函授班导师，《包头诗词》责任编辑，其《包头赋》和《阿拉善赋》等作品，被当地政府制作成精美的瓷器、书画、苏绣等艺术珍品；另有诗赋被勒石。现为中华诗词学会导师、内蒙古诗词学会顾问、沈祖棻诗词研究会研究顾问、包头市《鹿鸣》杂志文学编辑、包头师院文学院嘤鸣诗社导师、包头市最美书友会顾问。《白屋诗稿》正在结集出版。

编后记

胡杨树

　　这是一本由普普通通的人写成的书。

　　窗外的柳梢露出了丝丝鹅黄，我知道，小草真的要破土出芽了。这本文集收录的 51 篇文章，除作家水孩儿、胡刃、康丕耀、杨梓外，都是普通人，他们中有公务员、教师、画家、摄影师，也有工人、农民、公司职员甚至农村主妇。

　　他们因爱读书而结缘，由一本书而走到一起。从 2015 年 12 月 25 日初次分享会并宣布成立包头市最美书友会，至今刚刚三个月，却绽放出一片开在灵魂上的花。这群人耕耘的这半亩花田虽然未必芬芳，但却是扎根在真实的土壤。

　　在水孩儿会长的鼓励带动下，书友们在读书的同时，无论置笔多年的还是初次偿试的，纷纷拿起了笔，怀着一份虔诚、一份真情、一份敬畏之心，写对故乡的怀恋，写对父母的感恩，写对友情的盛赞，写对自然的崇尚，写对人生的感悟……尽管有些文章还很稚嫩，谋篇布局、措词谴句都显粗糙，但却是一种真实的表达。象商裔，虽出身书香世家，却生性顽劣，少时辜负了父亲的一片苦心。是水孩儿会长和书友会大家庭对他的影响，"一次偶然的机会我找到了圈子外的圈子"，通过他的文章感受到了他对自己顽劣、叛逆的反思和对人生的感悟。可贵的不仅是他捧起了书拿起了笔，更是他对人生追求的升华。还有梁丽仙，本是固阳的一位农家主妇，偶然与水孩儿会长的结识，让她重新捧起了二十多年未曾染指的书本，并拿起了笔，一篇《又是一年橘花香》让我们看到了她对生活纯朴的执着和感念。

在整理编辑文集的过程中，我们一次次的被书友们的真情和真诚感动着，文章中不管是宽厚刚正的父亲、勤劳朴实的母亲还是以心相交的朋友，抑或是一只宠物一棵花草树木，都让我们读出了作者浓浓的感恩之心、感激之谊、感动之情，处处闪烁着崇德向善的人性光辉。书友会的成效不在于成就了这本书，而是书友们通过读书、写作，触动了灵魂，陶冶了情操，并在不断影响带动着周围的人，在向"救赎别人也救赎自己"的目标一步步迈进。书友会是拒绝功利的，但如果通过读书写作带动更多人的灵魂得到升华，则功德无量，善莫大焉！

这本书原定为书友会的内部交流文集，是陈鹤龄站长、申中明局长的大力支持和鼓励，才让我们有信心公开出版发行，在此深表谢意！但书友会毕竟成立不长，破土拔芽，还很稚嫩，我们不想过早的获得掌声和赞誉，更多的恭请各方在给予呵护的同时多些批评指导意见，以让我们静守一隅，历日月而积淀，顺时势而茁壮，低调落尘方好。

编委会感谢书友作者们真情、真诚、真实的表达；感谢水孩儿会长牺牲自我对书友会热心的引领和鼓励；特别是书友会内部的责任编辑竹君和寒幽月先生倾注了大量的心血整理、校对每一篇文章，在这里对他们及出版社的编辑、设计人员的辛勤付出和奉献一并表示真诚的感谢！

2016 年春於鹿城